康震讲

诗词经典

康震 著

中华书局

图书在版编目（CIP）数据

康震讲诗词经典/康震著. —北京：中华书局，2018.1
（2023.12 重印）
ISBN 978-7-101-12867-3

Ⅰ.康… Ⅱ.康… Ⅲ.古典诗歌-诗歌研究-中国
Ⅳ.I207.22

中国版本图书馆 CIP 数据核字（2017）第 251918 号

书　　名	康震讲诗词经典
著　　者	康　震
责任编辑	陈　虎　孙永娟
责任印制	管　斌
出版发行	中华书局
	（北京市丰台区太平桥西里38号　100073）
	http://www.zhbc.com.cn
	E-mail:zhbc@zhbc.com.cn
印　　刷	三河市宏达印刷有限公司
版　　次	2018 年 1 月第 1 版
	2023 年 12 月第 10 次印刷
规　　格	开本/710×1000 毫米　1/16
	印张 11¼　插页 10　字数 150 千字
印　　数	92001-97000 册
国际书号	ISBN 978-7-101-12867-3
定　　价	39.00 元

目录

序

《中国诗词大会》火了！

一时间，人人争说诗词好，诗词魅力不得了。我很荣幸，参与了《诗词大会》的策划与现场点评，切身感受到亿万观众重温中华诗词的巨大热情。这热情，点燃了每个人内心的诗词世界，也点燃了弘扬中华优秀传统文化的燎原之火。

中华诗词是中华文化最优美的篇章，中华诗人是中华民族最深情的歌者。我认为，无论新兴传媒多么发达，要真正深入了解诗人、理解诗词，根本之道还是要下笨功夫读书。只有一行行、一页页地认真读，反复看，才能记得准、记得牢、记得久，才能将那些优美深情的诗词刻在心里、融入血脉、化为基因。

阅读的过程，也是体验的过程，更是与诗人们面对面举杯小酌、谈心交心的过程：李白是一阵清风，只要他愿意，便可飞越重重关山，飞向他想去的任何方向；杜甫是一条长河，蜿蜒曲折，波澜壮阔，承载着不尽的忧思和希望；韩愈是一柄宝剑，利刃出鞘，无所畏惧，锋芒所及，披靡所向；柳宗元是一叶孤舟，在浪涛汹涌中起落沉浮，但从不曾放弃自己的执着与立场；欧阳修是一座大山，山间林泉磊落，万木竞秀，生机勃发，郁郁苍苍；苏洵是一株老树，根深叶茂，繁密成荫，在他的近旁，新松茁壮，材堪栋梁；曾巩是一方青砚，纯正坚实，温润如玉，尺寸虽小，墨韵悠长；王安石是一团烈火，敢于烧毁一切落后陈腐，意志坚定，勇于担当；苏辙是一座火山，表面沉静，内心炽热。为人谦和敦厚，为政刚柔并济，处置有方；李清照宛如一枝腊梅，芳香宜人，端庄淡雅，看似柔弱如花，实则骨气刚强；至于苏轼，很难用一句话来形容，他是"秉性难改的乐天派，是悲天悯人的道德家，是黎民百姓的好朋友，是散文作家，是新派的画家，是伟大的书法家，是酿酒的实验者，是工程师，是假道学的反对者，是瑜珈术的修炼者，是佛教徒，是士大夫，是皇帝的秘书，是饮酒成癖者，是心肠慈悲的法官，是政治上的坚持己见者，是月下的漫步者，是诗人，是生性诙谐爱开玩笑的人"（林语堂《苏东坡传》）。

我常常想，如果我的身边有这样一群诗人、朋友，我会成为一个怎样的人？我会拥有怎样的人生？

古诗云：年年岁岁花相似，岁岁年年人不同。《中国诗词大会》，像传承中国诗词文化的锦绣繁花，年年都在春节这个中国人最幸福、最重要的时刻，在全家人、全村人、全县人、全国人的面前美丽绽放。我相信，每个中国人，都会由衷点赞《诗词大会》。因为我们都是中国诗词的忠实粉丝，不论我们身在何方、身处何时，只要心头浮现那些经典诗句，我们就会露出会心的微笑，即便远隔千山万水，也能从诗词中感受到浓浓的亲情、友情与爱情，也会分享到深深的惬意、美意与诗意。中华诗词，就这样陪伴着我们，成就了每个人的生长、生活与生命。

衷心感谢每一位翻开这本书的读者。这 10 册小书，是我研读诗人、诗词、文章的一点心得，不揣浅陋拿出来与大家分享，希望大家喜欢。书中错谬、不足之处难免，也请多提宝贵意见。感谢您分享我的文字和感受。我们可能并不相识，但从这一刻起，我们开始相遇相识，因为我们拥有共同的理想与朋友：中华诗词。

康震

2017 年 7 月 1 日

先秦魏晋南北朝诗

诗经

《诗经》是我国第一部诗歌总集，相传为孔子所编定，被后世尊为儒家经典。它收录了西周初至春秋中叶的作品，原名《诗》，或"诗三百"，现存诗三百零五篇。《诗经》分为"风""雅""颂"三类，句式以四言为主，广泛采用赋、比、兴的艺术手法，语言质朴，韵律和谐，对后世文学有着深远的影响。

桃夭

【导读】

《桃夭》选自《国风·周南》。这是一首用于婚礼上的祝贺歌曲，表达对女子出嫁、婚姻生活美满幸福的赞美和祝愿。

这首诗巧妙地运用比兴手法，构思上层层推进。三章皆用"桃之夭夭"起兴，首章以开得正灿烂、绚丽、娇艳多姿的桃花，来比喻新娘的容貌美丽、青春正好、充满活力；第二章和第三章，分别用桃实硕大且多象征新娘将来多子多孙，用桃叶的茂密葱郁来祝福新娘出嫁后能使家业昌盛，为家族带来福音。诗歌洋溢着民间婚嫁热闹、欢快的氛围，传达出劳动人民质朴的情感和美好的愿望。

《礼记·大学》在论述"所谓治国必先齐其家"时，引到这首诗说："《诗》云：'桃之夭夭，其叶蓁蓁。之子于归，宜其家人。'宜其家人，而后可以教国人。"可谓一语道出了此诗的"微言大义"：只有在使全家和睦相处、治理好家庭的基础上，才能教导全国之人。这是在礼乐文化的背景下，来理解《桃夭》这首诗的重要教化意义。而该诗所创造的比兴对后世也影响深远，清人姚际恒曰："桃花色最艳，故以取喻女子，开千古词赋咏美人之祖。"（《诗经通论》）

桃之夭夭①，灼灼其华②。

之子于归③，宜其室家④。

桃之夭夭，有蕡其实⑤。

之子于归，宜其家室。

桃之夭夭，其叶蓁蓁⑥。

之子于归，宜其家人。

注释：

①夭夭：美丽、茂盛的样子；一说指树枝柔嫩的样子。后以喻事物的繁荣兴盛。 ②灼灼：鲜明的样子。华：同"花"。 ③之子：这位姑娘。于归：出嫁。 ④室家：指家庭。 ⑤蕡（fén）：（果实）多而大。 ⑥蓁（zhēn）蓁：茂密的样子。

【延伸阅读】

三家诗与"毛诗"

《诗经》中的作品是周代礼乐文化的重要组成部分，最初主要运用于讽谏、朝廷的典礼、宴饮等。成书后，它曾流行于各诸侯国，并发挥了重大的作用，各国君臣以及上层贵族之间常常通过"赋诗言志"来委婉地表情达意，进行政治、外交活动。同时，在现实社会生活中它也受到了人们的普遍重视，产生了广泛的影响。孔子十分看重学《诗》的重要意义和社会功用，曾以《诗》教授生徒，指出："不学《诗》，无以言。"（《论语·季氏》）

秦始皇"焚书坑儒"以后，《诗经》以其口耳相传、易于记诵的特点得以保存，并继续流传。西汉，讲《诗经》的有"鲁诗""齐诗""韩诗"三家，后又有"毛诗"。"鲁诗"出自鲁人申培，"齐诗"出自齐人辕固,"韩诗"出自燕人韩婴。三家诗都用今文(即汉朝通行的隶书)写成,曾兴盛一时,在西汉被立为博士,成为官学。鲁人毛亨在西汉初期授徒讲《诗》,著《诗故训传》(亦简称《毛传》),后传给赵人毛苌。"毛诗"每篇之前都有题解,后人称之为"小序";而《关雎》一篇题解前有一篇对《诗经》的总论,被称为"大序"。关于诗序的作者,历来众说纷纭。"毛诗"用古文(即周代的文字)写成,毛苌献之于朝廷,但未被立为官学,不过它在民间得以广泛传授,东汉著名经学家郑玄曾为之作《笺》。后来三家诗先后亡佚,只有"毛诗"得以流传下来。我们现在所能读到的《诗经》,即为"毛诗"。

燕燕

【导读】

《燕燕》选自《诗经·邶风》。此诗作意,《毛诗序》称:"《燕燕》,卫庄姜送归妾也。"据《左传·隐公》三年、四年,卫庄公的夫人庄姜无子,以庄公之妾陈女戴妫之子完为己子。庄公卒,完即位,被庄公宠妾之子州吁所杀。戴妫被遣返归陈,此是"大归",即不再回卫,庄姜相送而作此诗。"送归妾"说得到了很多人的认同,不过对"归妾"究竟指谁则有不同说法。后来对该诗主旨也还有一些不同的意见。如宋代王质《诗总闻》、清代崔述《读风偶识》中提出的"兄送其妹远嫁"说等,但似乎都不比《序》说更为可信。

此诗前三章叙写离别时的悲伤和难舍,最后一章称颂被送者的美德,流露出深深的留恋之情。诗歌抒情深婉,语意沉痛,十分感人。宋代许颢《彦周诗话》指出:"'……瞻望弗及,泣涕如雨!'此真可泣鬼神矣。张子野长短句云:'眼力不知人,远上溪桥去。'东坡《送子由诗》云:'登高回首坡陇隔,惟见乌帽出复没。'皆远绍其意。"清代王士禛评价该诗曰:"合本事观之,家国兴亡之感,伤逝怀旧之情,尽在阿堵

中。《黍离》《麦秀》，未足喻其悲也。宜为万古送别诗之祖。"（《分甘
馀话》卷三）

燕燕于飞①，差池其羽②。

之子于归，远送于野。

瞻望弗及，泣涕如雨。

燕燕于飞，颉之颃之③。

之子于归，远于将之④。

瞻望弗及，伫立以泣。

燕燕于飞，下上其音。

之子于归，远送于南⑤。

瞻望弗及，实劳我心。

仲氏任只⑥，其心塞渊⑦。

终温且惠，淑慎其身。

先君之思⑧，以勖寡人⑨。

注释：

①燕燕：即燕子。一说指双燕。 ②差池：不整齐。 ③颉（xié）
颃（háng）：鸟上下翻飞。 ④将：送。 ⑤南：指卫国的南边。陈在卫
南。 ⑥仲：排行第二。氏：姓氏。任：姓任。只：语助词。 ⑦塞渊：
笃厚诚实，见识深远。 ⑧先君：已死的君主。 ⑨勖（xù）：勉励。寡
人：寡德之人，庄姜自称。

淇奥

【导读】

　　《淇奥》出自《诗经·卫风》。《毛诗序》曰："《淇奥》，美武公之

蒹葭苍苍 白露为霜 所谓伊人 在水一方

诗经蒹葭 丁酉秋日 康震

德也。有文章，又能听其规谏，以礼自防，故能入相于周，美而作是诗也。"这里所说的武公是指西周末期卫国国君，姓姬名和，卫康叔（周武王同母弟）九世孙，卫釐侯子。据《史记·卫康叔世家》，犬戎杀周幽王，他率兵佐周平定犬戎，立下战功，被周平王封为"公"。相传他执政期间，修明政治，谨慎廉洁，从谏如流，百姓和乐安定，因此很受人们的尊敬。

《淇奥》这首诗也可能并非如《毛诗序》所说有特指的赞美对象，诗中的"君子"具有泛指意蕴。"君子"，在当时往往用作对统治者和贵族男子的通称。诗篇以淇水弯曲处的绿竹起兴，让人联想到"君子"挺秀清朗的风姿及其超凡脱俗的气质修养。诗中用"金""玉""圭""璧"等作比，反复地歌颂、咏叹，很好地烘托出了"君子"的威仪、风度、修养和才情。这样仪表庄重、德才兼备、宽和仁厚的"谦谦君子"，的确是国之贤者，令人景仰，难以忘怀。

瞻彼淇奥①，绿竹猗猗②。
有匪君子③，如切如磋④，如琢如磨⑤。
瑟兮僴兮⑥，赫兮咺兮⑦。
有匪君子，终不可谖兮⑧！
瞻彼淇奥，绿竹青青。
有匪君子，充耳琇莹⑨，会弁如星⑩。
瑟兮僴兮，赫兮咺兮。
有匪君子，终不可谖兮！
瞻彼淇奥，绿竹如簀⑪。
有匪君子，如金如锡，如圭如璧⑫。
宽兮绰兮⑬，猗重较兮⑭。
善戏谑兮⑮，不为虐兮⑯。

注释:

①淇奥:淇水弯曲处。 ②猗猗:长而美的样子。 ③匪:通"斐",有文采。 ④切、磋:治骨曰切,治象牙曰磋。 ⑤琢、磨:治玉曰琢,治石曰磨。 ⑥瑟:庄严的样子。僴(xiàn):宽大的样子。 ⑦赫:威严的样子。咺(xuān):有威仪的样子。 ⑧谖(xuān):忘。 ⑨琇(xiù):宝石。 ⑩会弁(biàn):鹿皮帽缝合处。缝合处用宝石缀饰。 ⑪簀(zé):聚积。 ⑫圭:一种长条形的玉,上尖下方。璧:圆形玉器,通常中心有圆孔。 ⑬绰:旷达。一说柔和的样子。 ⑭猗:通"倚",依靠。重较:车厢前左右有伸出的弯木可供倚攀的车子,为古代卿士所乘。 ⑮戏谑:开玩笑。 ⑯虐:暴虐。

伯兮①

【导读】

《伯兮》选自《诗经·卫风》,表现的是妇女对征夫的思念。《毛诗序》说:"《伯兮》,刺时也。言君子行役,为王前驱,过时而不返焉。"

这首诗最成功的地方在于真切而细腻地写出了女主人公内心的感受。诗的首章,是女主人公用十分自豪的口吻描述丈夫:她的丈夫英武杰出,是国家的栋梁之材,正在为保卫国家而冲锋陷阵。第二章写自丈夫出征后,自己就再也无心打扮,任由头发零乱得像蓬草。这种心理描写具有一定的典型性,后来在我国古典诗词中出现得极多。如李清照《凤凰台上忆吹箫》中"起来慵自梳头。任宝奁尘满,日上帘钩"等。第三、四章直抒对丈夫的思念。等待从军的人归来,与一般分别后渴盼重聚有根本的不同,所以思念之中还包含着深深的担忧和恐惧。女主人公既为丈夫感到自豪,同时又非常想念、担心他,这些情感的煎熬使她的忧愁累积得无以复加,因而她又希望自己能够"忘忧"。这些心理、情绪的描写十分真实、感人。

伯兮朅兮②，邦之桀兮③。
伯也执殳④，为王前驱⑤。
自伯之东⑥，首如飞蓬⑦。
岂无膏沐⑧，谁适为容⑨。
其雨其雨，杲杲出日⑩。
愿言思伯⑪，甘心首疾⑫。
焉得谖草⑬，言树之背⑭。
愿言思伯，使我心痗⑮。

注释：

①伯：兄弟姐妹中的年长者。此是女子对丈夫的昵称。②朅（qiè）：英武高大。③桀：杰出。④殳（shū）：一种梃杖之类的兵器，长一丈二寸。⑤前驱：排在最前列，做先锋。⑥之：往。⑦飞蓬：被风吹起的蓬草。言自己因无心梳妆，头发乱得像蓬草一样。⑧膏沐：面膏、润发油之类。⑨适：读为"dí"，喜悦。⑩杲（gǎo）：明亮的样子。⑪愿言：思念殷切貌。言，犹"然""焉"。⑫甘心首疾：即使因思念而头痛欲裂也心甘情愿。⑬谖（xuān）草：即萱草，又名忘忧草。⑭言：语首助词。树：种植。背："北"的本字。⑮痗（mèi）：忧思成病。

黍离

【导读】

《黍离》出自《诗经·王风》。犬戎杀周幽王灭西周后，周平王东迁洛邑（也称"王城"，在今河南洛阳西），史称东周。从此周室衰微，其地位与诸侯国无异，只是名义上还受到一些诸侯的拥戴，故称东周洛邑之诗为"王风"。

《毛诗序》说："《黍离》，闵宗周（西周）也。周大夫行役，至于宗周，过故宗庙宫室，尽为禾黍，闵周室之颠覆，彷徨不忍去，而作是诗也。"关于该诗的主旨，后世也有颇多争讼。虽然无法确定其写作的具体背景，但诗中因世事变迁而生发的忧思仍能带给我们深深的震撼。方玉润《诗经原始》眉评说："三章只换六字，而一往情深，低徊无限。此专以描摹虚神擅长，凭吊诗中绝唱也。唐人刘沧、许浑怀古诸诗，往迹袭其音调。"这段话很好地道出了《黍离》这首诗的艺术特点及其对后世的深远影响。后来"黍离之悲"成为一个特定的专用词，用以指代亡国之痛、兴亡之感。

彼黍离离①，彼稷之苗②。

行迈靡靡③，中心摇摇④。

知我者谓我心忧，不知我者谓我何求。

悠悠苍天，此何人哉？

彼黍离离，彼稷之穗。

行迈靡靡，中心如醉。

知我者谓我心忧，不知我者谓我何求。

悠悠苍天，此何人哉？

彼黍离离，彼稷之实。

行迈靡靡，中心如噎⑤。

知我者谓我心忧，不知我者谓我何求。

悠悠苍天，此何人哉？

注释：

①黍：黍子，一年生草本植物，籽实淡黄色，去皮后称黄米，比小米稍大，煮熟后有黏性。离离：行列貌。②稷：高粱。③行迈：行步

缓慢的样子。 ④中心：即心中。摇摇：心神不安的样子。 ⑤嚏：此指
气逆不顺。

子衿

【导读】

《子衿》出自《国风·郑风》，《毛诗序》认为它是"刺学校废也。
乱世则学校不修焉"。

方玉润《诗经原始》说："此盖学校久废不修，学者散处四方，或去
或留，不能复聚如平日之盛，故其师伤之而作是诗。"而朱熹则将之视
为"淫奔之诗"（《诗集传》）。今人多把它作为一首等待恋人的情诗。

全诗围绕"思念之情"展开。前两章分别以"子衿""子佩"起兴，
借物以抒怀。恋人的服饰给主人公留下如此深刻的印象，令人想见其相
思萦怀的深情；"青青""悠悠"两个叠词的使用，不仅有音韵和谐之美，
也十分微妙而贴切地体现出思念之真切与绵邈。"子宁不嗣音"，"子宁
不来"的设问，哀婉凄怨。钱钟书先生曾指出，这样的写法是"薄责己
而厚望于人也，已开后世小说言情心理描绘矣"（《管锥编》）。最后一
章转入直抒胸臆，由前面的委婉含蓄变为热切地倾诉。故"旧评：前二
章回环入妙，缠绵婉曲。末章变调"（见近人吴闿生《诗义会通》）。对
心理、情绪多角度的描摹、抒写，使全诗显得摇曳生姿，富有情韵。

青青子衿①，悠悠我心。
纵我不往，子宁不嗣音②？
青青子佩③，悠悠我思。
纵我不往，子宁不来？
挑兮达兮④，在城阙兮⑤。
一日不见，如三月兮。

注释：

①子：对男子的美称。衿：衣领。 ②嗣音：寄来音讯。 ③佩：佩带的饰物。 ④挑、达：形容走来走去的样子。 ⑤城阙：城楼。

蒹葭①

【导读】

《蒹葭》选自《诗经·秦风》，《毛诗序》说："《蒹葭》，刺襄公也。未能用周礼，将无以固其国焉。"《郑笺》也谓诗中追慕的"伊人"为"知周礼之贤人"。今人或以为这是一首爱情诗。

诗歌写一个深秋清冷的早晨，主人公在河边追寻一位伊人的身影，但河水的阻隔使其可望而不可即，令主人公心中无比怅惘。诗歌最动人之处在于很好地营造出了一幅朦胧、缥缈的情境：伊人瞻之在前，却总是无法接近，主人公逆水而上去寻找，却因道险路长而难达；顺水而下，伊人却又仿佛在那水中央。一边是极度的渴慕、企盼和努力地追寻，一边却是神秘莫测、难以企及，主人公内心的千回百转令人感同身受，而所谓"伊人"，也带有了似真似假、似虚似实的神韵。意境的朦胧，使整个诗篇笼罩上了一片迷惘与感伤的情调，具有一种难以言述的韵味。方玉润《诗经原始》中说："此诗在《秦风》中，气味绝不相类。以好战乐斗之邦，忽遇高超远举之作，可谓鹤立鸡群、翛然自异者矣。"

蒹葭苍苍，白露为霜。
所谓伊人②，在水一方③，
溯洄从之④，道阻且长⑤。
溯游从之⑥，宛在水中央⑦。
蒹葭萋萋⑧，白露未晞⑨。
所谓伊人，在水之湄⑩。

溯洄从之，道阻且跻^⑪。

溯游从之，宛在水中坻^⑫。

蒹葭采采^⑬，白露未已^⑭。

所谓伊人，在水之涘^⑮。

溯洄从之，道阻且右^⑯。

溯游从之，宛在水中沚^⑰。

注释：

①蒹（jiān）葭（jiā）：蒹又称荻，一种细长的水草。葭：初生的芦苇。 ②伊人：这个人。 ③一方：即一旁。在水一方，喻相隔遥远。 ④溯洄：逆流而上。 ⑤阻：崎岖险碍。 ⑥溯游：顺流而下。 ⑦宛：仿佛，好像。 ⑧萋萋：与"苍苍"同义，指淡青色。 ⑨晞（xī）：干。 ⑩湄（méi）：岸边。 ⑪跻（jī）：攀登，上升。 ⑫坻（chí）：水中小洲。 ⑬采采：《毛传》："犹萋萋也。" ⑭未已：未止，指白露未干。 ⑮涘（sì）：水边。 ⑯右：迂回。 ⑰沚（zhǐ）：水中小洲。

鹤鸣

【导读】

《鹤鸣》选自《诗经·小雅·彤弓之什》。《毛诗序》认为该诗是"诲宣王也"，郑玄《笺》进一步说明："诲，教也。教宣王求贤人之未仕者。"后来在此基础上形成了"招隐"说，得到了较普遍的认同。按孔颖达《毛诗正义》中的解释，该诗通篇用比，每个意象都各有其象征意义。孔疏曰："鹤处九皋，人皆闻之。以兴贤者隐于幽远之处，其名闻于朝之间。"又曰："小鱼不能入渊而在渚，良鱼则能逃处于深渊。以兴人有能深隐者，或出于世者。小人不能自隐而处世，君子则能逃遁而隐居。"则以"鹤处九皋"喻"贤者隐居"；以鱼在渊在渚，来区分君子与

小人。孔《疏》还指出，"檀"为"善树"，代表"德善之人"，"萚"为
"恶木"，代表"不贤之人"；而"异国沉滞之贤，任而官之，可以为理
国之政"，即"它山之石"，也能为我所用。如此理解，能自圆其说，但
难免有牵强附会之嫌，也有因过于对诗歌"求实"而损害了其美感和诗
意的缺陷。

其实，这首诗在艺术上也可圈可点。诗歌两章以鹤鸣之声的清远高
亢、响入天际起兴，气势不凡，诗人的所闻、所见、所思一一入诗，为
我们展现了自然风物的清幽之美，营造出了一种超然而高妙的意境。整
首诗充满了浓厚的诗味，语短意长。

> 鹤鸣于九皋①，声闻于野。
> 鱼潜在渊，或在于渚②。
> 乐彼之园，爰有树檀，其下维萚③。
> 它山之石，可以为错④。
> 鹤鸣于九皋，声闻于天。
> 鱼在于渚，或潜于渊。
> 乐彼之园，爰有树檀，其下维榖⑤。
> 它山之石，可以攻玉。

注释：

①九皋（gāo）：曲折深远的沼泽。 ②渚（zhǔ）：水中的小块陆
地。 ③萚（tuò）：草木脱落的皮、叶。 ④错：可琢玉的石块。 ⑤榖
（gǔ）：楮树，皮可制纸。

汉乐府

汉乐府诗是继《诗经》《楚辞》之后，中国古代诗歌史上出现的一

种新诗体，其作者涵盖了帝王、文人、平民等社会的各阶层，呈现出旺盛的生命力。宋代郭茂倩编《乐府诗集》，将汉至唐的乐府诗搜集整理，分为十二类，两汉乐府诗主要保存在郊庙歌辞、鼓吹曲辞、相和歌辞和杂歌谣辞中，其中多为东汉作品。

陌上桑

【导读】

《陌上桑》在郭茂倩编的《乐府诗集》中属《相和歌辞·相和曲》，南朝沈约编的《宋书》中题为《艳歌罗敷行》，徐陵编的《玉台新咏》中题为《日出东南隅行》。诗歌叙述了采桑女罗敷用巧妙的方式拒绝太守调戏引诱的故事，反映出劳动人民不畏强权的可贵品质。面对太守的无耻要求，罗敷没有直接与之起正面冲突，而是极力地夸耀自己夫婿的地位、派头、风度。虽然这位人人称赞的"夫婿"似属虚构，却有力地嘲笑了太守的愚蠢、卑劣。诗歌语言活泼、幽默，富于轻松的喜剧色彩。在对罗敷及其"夫婿"进行描写时，用铺张的笔法详写了服饰、仪仗，来衬托他们的美丽、富贵，而极少直接描写其容貌、形体。这是汉代乐府诗刻画人物时常用的手法，这种写法可以让读者充分展开想象，去重塑人物。

日出东南隅^①，照我秦氏楼。
秦氏有好女，自名为罗敷^②。
罗敷喜蚕桑^③，采桑城南隅。
青丝为笼系^④，桂枝为笼钩^⑤。
头上倭堕髻^⑥，耳中明月珠^⑦。
缃绮为下裙^⑧，紫绮为上襦^⑨。
行者见罗敷^⑩，下担捋髭须^⑪。

少年见罗敷，脱帽著帩头[12]。

耕者忘其犁，锄者忘其锄。

来归相怨怒，但坐观罗敷[13]。

使君从南来[14]，五马立踟蹰[15]。

使君遣吏往，问是谁家姝[16]？

"秦氏有好女，自名为罗敷。"[17]

"罗敷年几何"[18]？"二十尚不足，十五颇有余"[19]。

使君谢罗敷[20]："宁可共载不？"[21]

罗敷前置辞："使君一何愚[22]！使君自有妇，罗敷自有夫。"

东方千余骑，夫婿居上头[23]。

何用识夫婿？白马从骊驹[24]。

青丝系马尾，黄金络马头。

腰中鹿卢剑[25]，可值千万余。

十五府小史[26]，二十朝大夫[27]。

三十侍中郎[28]，四十专城居[29]。

为人洁白皙[30]，鬑鬑颇有须[31]。

盈盈公府步，冉冉府中趋[32]。

坐中数千人，皆言夫婿殊[33]。

注释：

①东南隅：东南方。隅，方。 ②自名：本名。罗敷：汉代常用作美女的名字。 ③喜：喜好。 ④青丝：青色丝绳。笼：采桑用的篮子。系（xì）：篮上的络绳。 ⑤钩：篮子的提柄。 ⑥倭堕髻：又名堕马髻，发髻偏在一边，似堕非堕，是当时流行的发式。 ⑦明月珠：一种宝珠。 ⑧缃（xiāng）：浅黄色。绮（qǐ）：有花纹的绫。 ⑨襦：短袄。 ⑩行者：路过的人。 ⑪捋（lǚ）：用手顺着抚摩。髭：嘴上边的胡子。 ⑫帩头：即"绡头"，古人束发用的纱巾。 ⑬坐：因为。 ⑭使君：东汉时对太守、

刺史的称呼。 ⑮五马：太守的乘的马车。汉代太守驾车用五匹马。踟
蹰：徘徊不前。 ⑯姝（shū）：美女。 ⑰"秦氏"二句：是吏人询问罗敷
后回复太守的话。 ⑱"罗敷"句：太守的问话。 ⑲"二十"二句：是吏
人再次询问罗敷后对太守的答词。颇，略微。 ⑳谢：问。 ㉑宁可：问
词，犹言"可不可以"。 ㉒一何：何其。 ㉓上头：前列。 ㉔骊驹：深
黑色的小马。 ㉕鹿卢：同"辘轳"，井上汲水用的滑轮。鹿卢剑：指剑
首用玉做成鹿卢的形状。 ㉖府小史：太守府中地位最低的小吏。 ㉗朝大
夫：在朝廷任大夫的官职。 ㉘侍中郎：皇帝的侍从官。按汉代官制，侍
中郎是在原官职上特加的荣衔。 ㉙专城居：为一城之主，如太守、刺史
之类。 ㉚洁白皙：面容白净。皙，白。 ㉛鬑（lián）鬑：鬓发稀疏的样
子。 ㉜盈盈、冉冉：皆形容行步舒缓的样子。公府步：犹言官步。公府，
官府。 ㉝殊：人才出众。

【延伸阅读】

"乐府"和"乐府诗"

"乐府"，原来是汉代设立的音乐管理机构，既组织文人创作歌诗，
又广泛搜集各地歌谣。最初，西汉朝廷负责管理音乐的机构有乐府和太
乐令，在行政上它们分属于两个系统：乐府的行政长官为乐府令，隶属
于少府；太乐令则隶属于奉常。开始二者在职能上有大致明确的分工，
乐府执掌天子及朝廷平时所用的乐章，太乐主管郊庙之乐。汉武帝时
期，在乐府令下设立三丞，乐府得到了扩充和发展，至成帝末年，其工
作人员多达八百余人。西汉哀帝即位后，撤乐府，大量裁减人员，所留
部分归太乐令统辖。此后，汉代再没有乐府建制，但仍有相关机构发挥
着类似乐府的作用。

人们把乐府和相当于乐府职能的音乐管理机构所搜集、保存的歌辞

称为"乐府诗"。后来历朝许多诗人也采用乐府旧题来写诗，或用本义，或全出以新意，也被称为"乐府诗"。汉代乐府诗在艺术上取得了很大的成就，诗歌往往具有很强的叙事性，善于通过典型细节来刻画人物，具有浓郁的生活气息，语言刚健清新、朴素自然。它们"皆感于哀乐，缘事而发"（《汉书·艺文志》），反映出了当时社会生活的各个层面，其现实主义精神和丰富的艺术表现手法对后世诗歌创作影响很大。

白头吟

【导读】

《白头吟》在《乐府诗集》中属《相和歌辞·楚调曲》。这首汉代乐府民歌写一个被抛弃的女子向三心二意的男子表示决绝。《西京杂记》中说这首诗是卓文君为司马相如欲娶茂陵女子而作，但一般认为这种说法似乎附会。据《宋书·乐志》，此篇是汉代的"街陌谣讴"。这首诗既真实地刻画了女主人公心烦意乱、思虑万千的心理状态，同时也显现出她过人的冷静和勇气，成功地塑造了一位个性爽朗、敢爱敢恨、头脑清醒的女性形象。

皑如山上雪，皎若云间月。
闻君有两意①，故来相决绝。
今日斗酒会，明旦沟水头②。
躞蹀御沟上③，沟水东西流④。
凄凄复凄凄，嫁娶不须啼⑤。
愿得一心人，白头不相离。
竹竿何袅袅⑥，鱼尾何簁簁⑦！
男儿重意气，何用钱刀为⑧！

注释：

①两意：二心，指情变。 ②"今日"二句：是说今天置酒作最后一次聚会，明早沟边分手。斗，盛酒的器具。 ③蹀（xiè）躞（dié）：小步缓行的样子。御沟：流经御苑或环绕宫墙的水。 ④沟水东西流：比喻与情人决绝。一说东西流为偏义复词，这里偏用东字的意义，即东流。形容爱情将如沟水东流，一去不复返。 ⑤嫁娶不须啼：谓要是嫁得专情之人，出嫁的时候也就不需悲伤啼哭了。嫁娶，偏义复词，用嫁字意义。过去女子出嫁时常悲伤哭泣，故云。 ⑥竹竿：指钓竿。袅袅：摆动的样子。 ⑦簁（shī）簁：羽毛濡湿的样子。这句形容鱼尾像沾湿的羽毛。中国古代诗歌里钓鱼是男女求偶的象征隐语。 ⑧钱刀：古时的钱有铸成马刀形的，故称为钱刀。

有所思

【导读】

《有所思》选自《乐府诗集·鼓吹曲辞·汉铙歌十八曲》。这首诗采用女子自述的口吻，写出了女主人公在爱情遭遇挫折前后情绪的变化。赠物到毁物，伴随着女主人公从热恋到失恋的过程；毁物本是为了狠下心肠与情人一刀两断，但当女主人公想到当初恋爱时的情景，又不能下定决心斩断情意。整首诗感情真挚、热烈，对情绪和心理的描写尤为细腻、深刻。

> 有所思，乃在大海南。
> 何用问遗君①？双珠玳瑁簪②，用玉绍缭之③。
> 闻君有他心，拉杂摧烧之④。
> 摧烧之，当风扬其灰。
> 从今以往，勿复相思！

相思与君绝！鸡鸣狗吠，兄嫂当知之⑤。

（妃呼狶⑥）秋风肃肃晨风飔⑦，东方须臾高知之⑧。

注释：

①问遗（wèi）：赠予。 ②双珠：缀在簪端的宝珠。玳瑁：动物名，龟类，壳光滑而多花纹，可做装饰品。簪：古人用来连接冠和发髻，横穿髻上，两端出冠外。 ③绍缭：缠绕。 ④拉杂：折碎。摧烧：毁坏焚烧。 ⑤"鸡鸣"二句：是女主人公回忆相恋时曾因约会惊动了鸡犬，猜想兄嫂也可能知道了这件事。 ⑥妃呼狶：叹息之声。此三字是表声字 ⑦肃肃：风声。晨风：鸟名，即鹯（zhān）。飔（sī）：疾速。一说，晨风即雉鸟，常鸣叫以求偶；飔当作"思"。 ⑧高：此处同"皜"，白。

古诗十九首

《古诗十九首》是汉代作品，非一时一人所作，现在研究者一般认为大抵出于东汉后期。梁代萧统从传世无名氏"古诗"中选录风格相近的十九首，编入《文选》，题为《古诗十九首》，后世遂沿用这一名称。其内容多写游子的羁旅情怀，思妇的闺愁，以及士人的失意彷徨，有些作品体现出追求富贵及及时行乐的思想，是汉代文人五言诗的重要代表作。钟嵘《诗品》评价它为"惊心动魄，可谓几乎一字千金"。清代陈祚明《采菽堂古诗选》认为："《十九首》所以为千古至文者，以能言人同有之情也。"

行行重行行

【导读】

《行行重行行》写一位女子对远在他乡的恋人的思念。诗歌先叙初别之情境，次叙路远难会和自己的相思之苦，最后以勉强自我宽慰作结。

全篇围绕"思念"这个主题层层渲染，或托物比兴，或直抒胸臆，或委婉喻示，具有低徊反复的艺术效果。诗歌篇幅短小，语言简单质朴，但笔致曲折，委婉动人，情韵悠长，具有强烈的抒情性和感染力。

行行重行行①，与君生别离②。
相去万余里③，各在天一涯④。
道路阻且长⑤，会面安可知？
胡马依北风，越鸟巢南枝⑥。
相去日已远⑦，衣带日已缓⑧。
浮云蔽白日，游子不顾反⑨。
思君令人老，岁月忽已晚。
弃捐勿复道，努力加餐饭⑩。

注释：

①"行行"句：谓行而不止。重（chóng），又。 ②生别离：活着分离。 ③相去：相距，相隔。 ④天一涯：天一方。 ⑤阻：艰险。 ⑥"胡马"二句：谓禽兽也不忘故土。言下之意是物尚如此，何况于人？这是当时习用的比喻。胡马，北方的马。越鸟，南方的鸟。 ⑦日已远：一天比一天远。 ⑧缓：宽松。此句谓人因相思而一天比一天消瘦。 ⑨顾：念。反：通"返"。 ⑩"弃捐"二句：谓别提怀人之事，还是多吃饭保重自己的身体。这是思妇无奈之下的自我宽慰之辞。

【延伸阅读】

古今点评

蓄神奇于温厚，寓感怆于和平。意愈浅愈深，词愈近愈远，篇不可句摘，句不可字求。

——（明）胡应麟《诗薮》

全诗风格平易而又颇有韵味，语言浅近却又生动含蓄。胡马、越鸟、浮云、白日等比喻，前后映照，彼此关联。诗展示了思妇心理的变化，由"生别离"的怨叹，到天各一方的悲慨，到会面难期的惆怅，最后作无可奈何之语，这一切均是被离别相思所煎迫的女子心理的写照。

——沈文凡《汉魏六朝诗三百首译析》

回车驾言迈

【导读】

《回车驾言迈》这首诗通过对节序更替、空间转换、人事变迁、岁月流逝等方面的敏锐感受，抒发了人生短暂的惆怅，并由此想到人生在世应当及时建功立业。诗歌以远在他乡的行旅之人的口吻写成，虽然目的似乎是为了自我勉励、警策，但字里行间深深地流露出远行客的失落、孤寂、凄恻情绪。

回车驾言迈①，悠悠涉长道②。
四顾何茫茫，东风摇百草③。
所遇无故物，焉得不速老？
盛衰各有时，立身苦不早④。
人生非金石，岂能长寿考⑤？
奄忽随物化⑥，荣名以为宝⑦。

注释：

①回：转。言：语气助词。迈：远行。 ②悠悠：形容远而未至。涉：经过。 ③东风：春风。 ④立身：指建功立业。 ⑤考：老。长寿

對酒當歌人生幾何

譬如朝露去日苦多

曹孟德短歌行詩句 丁酉初秋京華 康震

考，即老寿、长寿之意。 ⑥奄忽：急遽，倏忽。随物化：随物而化，指死亡。 ⑦荣名：指荣禄和声名。

西北有高楼

【导读】

《西北有高楼》诗的主题是感叹知音难遇。作者听到西北高楼上传来的凄凉歌声，引发了内心强烈的共鸣。从歌声中，作者体会到了歌者内心的苦楚、悲伤。在作者看来，令人感慨、悲伤的不仅是歌者内心的痛苦，而是歌者的这种痛苦鲜少有人能够理解。在这里，作者实际上是把自己作为了歌者的"知音"，他们同病相怜，"知音难觅"是其共同的心声。

西北有高楼，上与浮云齐。
交疏结绮窗①，阿阁三重阶②。
上有弦歌声，音响一何悲！
谁能为此曲？无乃杞梁妻③。
清商随风发④，中曲正徘徊⑤。
一弹再三叹，慷慨有余哀⑥。
不惜歌者苦⑦，但伤知音稀⑧。
愿为双鸿鹄，奋翅起高飞⑨。

注释：

①疏：镂刻。绮窗：镂刻着花纹的窗。绮，有花纹的绫。 ②阿阁：四面有曲檐的楼阁。三重阶：三层阶梯。言阿阁所在位置之高。 ③"谁能"二句：意谓楼上谁在弹唱如此凄婉的歌曲？莫非是像杞梁妻那样的人吗？无乃，莫非。杞梁妻，杞梁是春秋时齐国大夫，出征莒国，战死在莒国城下，其妻痛哭十日后自尽。《琴曲》有《杞梁妻叹》，《琴操》被

传为杞梁妻作,《古今注》则说是杞梁妻妹朝日所作。 ④清商:乐曲名,
曲音清越。 ⑤中曲:乐曲的中段。徘徊:指乐曲旋律回环往复。 ⑥慷
慨:郁郁不得志的心情。 ⑦惜:伤痛。 ⑧知音:识曲的人,引申为知
心的人。 ⑨"愿为"二句:是说希望我们(指歌者和听者)像鸿鹄一样
展翅高飞,自由翱翔,表示出听者对歌者的理解和同情。鸿鹄,鸟名,
善飞。

曹操

曹操(155—220),字孟德,沛国谯(今安徽亳州)人。出身于庶
族,年二十举孝廉,喜"刑名"之学,机敏有权术,被当时名士许劭评
为"治世之能臣,乱世之奸雄"。灵帝时,被征为议郎。曾参加镇压黄
巾起义。后起兵讨伐董卓,又击灭袁术、袁绍,成为北方的实际统治
者。位至大将军及丞相,封为魏王。其子曹丕称帝后,追尊为武帝。

曹操今存诗二十二首,多为四言。其诗歌受乐府民歌影响很深,常
用乐府古题写时事,反映汉末社会动乱、抒写宏大的政治抱负等,风格
苍凉悲壮,有跌宕慷慨之气。沈德潜在《古诗源》中评价道:"曹公四
言,于三百篇外,自开奇响。"宋代敖器之《诗评》说:"魏武帝如幽燕
老将,气韵沉雄"。有《魏武帝集》。

短歌行

【导读】

《短歌行》,属乐府《相和曲·平调曲》。这首诗抒写时光易逝、壮
志难酬的苦闷,由此表达出渴望招纳贤才、帮助建功立业的宏愿。结尾
以贤臣的典范——周公的事迹自勉,更显作者的求贤若渴,也体现出作
者作为政治家的雄心壮志和非凡气概。诗歌感情充沛,语言质朴自然而
又铿锵顿挫,格调雄深雅健、慷慨悲壮。清人陈沆在《诗比兴笺》中说:

"此诗即汉高《大风歌》思猛士之旨也。'人生几何'发端，盖传所谓古之王者知寿命之不长，故并建圣哲，以贻后嗣。"

> 对酒当歌，人生几何？
> 譬如朝露，去日苦多①。
> 慨当以慷②，忧思难忘。
> 何以解忧？唯有杜康③。
> 青青子衿，悠悠我心④。
> 但为君故，沉吟至今⑤。
> 呦呦鹿鸣，食野之苹⑥。
> 我有嘉宾，鼓瑟吹笙。
> 明明如月，何时可掇⑦？
> 忧从中来，不可断绝。
> 越陌度阡⑧，枉用相存⑨。
> 契阔谈宴⑩，心念旧恩。
> 月明星稀，乌鹊南飞。
> 绕树三匝⑪，何枝可依？
> 山不厌高，海不厌深。
> 周公吐哺⑫，天下归心。

注释：

①苦多：恨多。 ②慨当以慷：即慷慨，言不能及时建功立业的悲慨。 ③杜康：本为人名，相传是酒的发明者，此处代指酒。 ④"青青"二句：引用《诗经·郑风·子衿》中的成句，用以表达对贤才的渴慕。 ⑤沉吟：沉思吟味，谓整日在心头盘旋。 ⑥呦呦：鹿鸣声。苹：艾蒿。 ⑦"明明"二句：谓贤才难得。掇，拾取。一作"辍"，停止。 ⑧越陌度阡：谓贤才从四面八方远道而来。陌、阡，皆为田间小

路，南北为阡，东西为陌。 ⑨枉：屈驾。用：以。存：问候。 ⑩契阔：聚散，此有久别重逢之意。 ⑪匝（zā）：周。 ⑫周公吐哺：据《韩诗外传》，周公"一饭三吐哺，犹恐失天下之士"，意思是周公忙于接待天下贤士，甚至顾不上吃饭。哺，口中咀嚼着的食物。

【延伸阅读】

横槊赋诗

说到"横槊赋诗"，人们便自然会想到曹操，它是曹操能文能武英雄气概的最好注脚。

这个词最早出现在唐代元稹的《唐故工部员外郎杜君墓系铭》一文中："建安之后，天下文士遭罹兵战，曹氏父子鞍马间为文，往往横槊赋诗，故其抑扬怨哀悲离之作，尤极于古。"这里说的是"曹氏父子"横槊赋诗。后来宋代的苏轼在著名的《前赤壁赋》中又说："'月明星稀，乌鹊南飞。'此非曹孟德之诗乎？……酾酒临江，横槊赋诗，固一世之雄也。"

渐渐地，"横槊赋诗"似乎成了曹操一个人独有的"专利"，以至于《三国演义》第四十八回"宴长江曹操赋诗，锁战船北军用武"中出现了一段关于曹操"横槊赋诗"的"特写"。书中说，曹操平定北方后，率百万雄师饮马长江，准备与孙权决战。是夜明月皎洁，他在大江之上置酒，宴请诸将。酒酣，"操取槊立于船头，慷慨而歌"，而歌辞正是这首《短歌行》。扬州刺史刘馥听后对曹操说："月明星稀，乌鹊南飞；绕树三匝，无枝可依。此不吉之言也。"曹操大怒，说："汝安敢败吾兴！"于是手起一槊，刺死了刘馥，众人都惊骇不已。这当然都是出于小说家的虚构。

而"横槊赋诗"经过文学作品的渲染，更是家喻户晓了。这主要在于曹操在文学方面的确具有很高的素养。身为"建安文学"的领袖，他于戎马倥偬之际，创作了不少出色的诗歌。所以人们不仅不觉得文学作品中的虚构和夸张别扭、难以接受，反而对它非常认同，曹操"横槊赋诗"也因此而深入人心。

王粲

王粲（177—217），字仲宣，山阳高平（今山东邹县西南）人。少年时即有才名。汉献帝初平三年（192），董卓部将李傕、郭汜在长安作乱，他至荆州依附刘表，未获重用。后归曹操，被辟为丞相掾，赐爵关内侯，官至侍中。王粲是"建安七子"之一（另外六位是孔融、陈琳、徐幹、阮瑀、应玚、刘桢），被许为"七子之冠冕"（刘勰《文心雕龙·才略》）。后人也将他与曹植并称"曹王"。他以诗、赋见长，注重锤字炼句，风格慷慨悲凉。有《王侍中集》。

七哀诗① （其一）

【导读】

《七哀诗》共三首，此为第一首。写郭、李之乱时，诗人离开长安赴荆州避难时的所见所感。诗歌描绘了一幅战乱后生灵涂炭的惨象，揭露了战乱带给人民的深重灾难。尤其是对路边"饥妇人"被迫抛弃亲生骨肉场面的描写，让人触目惊心！诗人离家别友的悲痛，前途难测的忧虑，对人民苦难的深切同情，对军阀作乱的谴责等复杂的情绪，深蕴于"南登霸陵岸"两句中，尤有含蓄、深沉之致。唐代皎然《诗式》中评价这两句说："思苦则已极，览辞则不伤，一篇之功并在此，使古今作者味之无厌。"清代沈德潜说此诗是"杜少陵《无家别》《垂老别》诸篇之祖"（《古诗源》卷五），足见其影响之大。

西京乱无象②，豺虎方遘患③。
复弃中国去④，委身适荆蛮⑤。
亲戚对我悲，朋友相追攀⑥。
出门无所见，白骨蔽平原⑦。
路有饥妇人，抱子弃草间。
顾闻号泣声，挥涕独不还。
"未知身死处，何能两相完"⑧？
驱马弃之去，不忍听此言。
南登霸陵岸⑨，回首望长安。
悟彼《下泉》人⑩，喟然伤心肝⑪。

注释：

①七哀：言哀思之多。 ②西京：指长安。无象：无道，无法。 ③豺虎：此指董卓部将李傕、郭汜等人。遘（gòu）患：制造混乱。遘，同"构"。 ④中国：指中原地区。古代黄河流域的长安、洛阳皆为国都所在地，故称"中国"。 ⑤委身：托身。荆蛮：指荆州。周人称南方民族为蛮，荆州为古楚地，地处南方，故称"荆蛮"。 ⑥追攀：攀车依恋，表示惜别。 ⑦蔽：遮盖。 ⑧两相完：指母子二人都保全。 ⑨霸陵：汉文帝刘恒的坟墓，在长安东。岸：高岗。 ⑩悟：领会。《下泉》人：写作《下泉》这首诗的人。下泉，《诗经·曹风》中的一篇。《毛诗序》云："《下泉》，思治也。" ⑪喟然：伤心叹息的样子。

刘桢

刘桢（？—217），字公幹，东平（今山东东平）人。曾为曹操丞相掾属。他在当时颇有诗名，为"建安七子"之一。曹丕称赞其"五言诗之善者，妙绝时人"（《又与吴质书》）。他性格豪迈、狂放，诗风则道劲、凌厉，有慷慨磊落之气。刘勰说："公幹气褊，故言壮而情骇"
（《文心雕龙·体性》）。有《刘公幹集》。

赠从弟（其二）

【导读】

《赠从弟》共三首，分别用蘋藻、松树、凤凰作喻，"初言蘋藻可充荐
羞之用，次言松柏能持节操之坚，而末章复以仪凤期之，则其望愈深而
言愈重也"（元代刘履《选诗补注》卷二）。此为其二。作者勉励他的堂
弟要具有像松柏一样坚贞高洁的品性，这也未尝不是作者的自勉。全诗
语言质实，格调劲健，有"高风跨俗"（钟嵘《诗品》上）的气概。

亭亭山上松①，瑟瑟谷中风②。
风声一何盛，松枝一何劲。
冰霜正惨凄，终岁常端正。
岂不罹凝寒③，松柏有本性。

注释：

①亭亭：耸立的样子。 ②瑟瑟：风声。 ③罹：遭受。凝寒：严寒。

曹植

曹植（192—232），字子建，曹操第三子，曹丕同母弟。年少时即
表现出卓越的才华，受到曹操宠爱，几被立为太子。但他恃才傲物，任
性而行，终于失宠。及曹丕、曹叡相继为帝，备受猜忌压迫，郁郁而
终。因曾封陈王，谥为"思"，故又称陈思王。

曹植的文学创作明显地分为前后两期，前期作品多抒发他的理想和
抱负，洋溢着乐观、积极的情调；后期作品则主要抒写自己受到压抑和

迫害的悲愤抑郁之情。曹植是第一位大力创作五言诗的文人，对五言诗的发展起了很大的推动作用。其诗歌汲取民歌的精华，风格清新，语言绮丽而不失自然。钟嵘称赞他"骨气奇高，词采华茂，情兼雅怨，体被文质，粲溢今古，卓尔不群"（《诗品》）。有《曹子建集》。

赠白马王彪（并序）

【导读】

曹丕即位后，对曹植多所排挤、打击，杀害曹植身边的亲信。《赠白马王彪》是曹植后期的代表作。这首诗作于黄初四年（223）。当时诗人同白马王曹彪、任城王曹彰一起进京朝见曹丕，任城王突然去世。据《世说新语》载，任城王是被曹丕毒死的。曹植和曹彪在返藩的路上又受到监国使者的限制，不能同行。曹植在极度的怨愤、悲恨中写了这首诗送给曹彪。在这首诗中，诗人以哀伤、抑郁的笔调抒写了自己与任城王曹彰的死别与白马王曹彪的生离之痛，传达出诗人对自己命运的幻灭感。方东树《昭昧詹言》卷二："此诗气体高峻雄浑，直书见事，直书目前，直抒胸臆，沉郁顿挫，淋漓悲壮。"

黄初四年五月①，白马王、任城王与余俱朝京师，会节气②。到洛阳，任城王薨。至七月，与白马王还国③。后有司以二王归藩，道路宜异宿止。意毒恨之④。盖以大别在数日⑤，是用自剖，与王辞焉。愤而成篇。

谒帝承明庐⑥，逝将归旧疆⑦。
清晨发皇邑，日夕过首阳⑧。
伊洛广且深⑨，欲济川无梁。
泛舟越洪涛，怨彼东路长⑩。
顾瞻恋城阙，引领情内伤⑪。
太谷何寥廓⑫，山树郁苍苍。

霖雨泥我涂，流潦浩纵横^⑬。

中逵绝无轨^⑭，改辙登高冈^⑮。

修坂造云日^⑯，我马玄以黄^⑰。

玄黄犹能进，我思郁以纡^⑱。

郁纡将何念？亲爱在离居。

本图相与偕，中更不克俱^⑲。

鸱枭鸣衡扼^⑳，豺狼当路衢^㉑。

苍蝇间白黑^㉒，谗巧反亲疏。

欲还绝无蹊，揽辔止踟蹰。

踟蹰亦何留？相思无终极。

秋风发微凉，寒蝉鸣我侧。

原野何萧条，白日忽西匿。

归鸟赴乔林^㉓，翩翩厉羽翼^㉔。

孤兽走索群，衔草不遑食^㉕。

感物伤我怀，抚心长太息。

太息将何为？天命与我违。

奈何念同生，一往形不归^㉖。

孤魂翔故域^㉗，灵柩寄京师。

存者忽复过，亡没身自衰。

人生处一世，去若朝露晞^㉘。

年在桑榆间^㉙，影响不能追^㉚。

自顾非金石，咄唶令心悲^㉛。

心悲动我神，弃置莫复陈。

丈夫志四海，万里犹比邻。

恩爱苟不亏^㉜，在远分日亲^㉝。

何必同衾帱^㉞，然后展殷勤。

忧思成疾疢^㉟，无乃儿女仁。

仓卒骨肉情，能不怀苦辛？

苦辛何虑思？天命信可疑。

虚无求列仙，松子久吾欺㊱。

变故在斯须，百年谁能持㊲？

离别永无会，执手将何时？

王其爱玉体，俱享黄发期㊳。

收泪即长路，援笔从此辞。

注释：

①黄初：魏文帝曹丕的年号。黄初四年是 223 年。 ②白马王：曹彪，曹植的异母弟。任城王：曹彰，曹植的同母兄。会节气：魏有朝四节的制度，每年立春、立夏、立秋、立冬四个节气，各藩王都要聚京师参加迎气之礼，举行朝会。 ③还国：返回封地。 ④毒恨：痛恨。 ⑤大别：永别。 ⑥承明庐：据《三国志·魏书·文帝纪》裴注，当时皇帝居北宫，以建始殿朝群臣，门曰"承明"。 ⑦旧疆：指鄄（juàn）城（今山东菏泽），时曹植为鄄城王。 ⑧首阳：山名，位于洛阳东北。 ⑨伊、洛：二水名。伊，指伊水，发源于河南栾川，到偃师入洛水；洛，洛水，源出陕西华山，至河南巩义入黄河。 ⑩东路：东归鄄城的路。 ⑪引领：伸长脖子。 ⑫太谷：谷名，一说是关名，在洛阳城东南五十里。 ⑬潦（lǎo）：大雨涨水曰潦。 ⑭逵：路。轨：车道。 ⑮改辙：改道。 ⑯修坂：高高的山坡。造：到，往。 ⑰玄以黄：指马病。 ⑱郁以纡（yū）：愁思郁结。 ⑲不克俱：不能在一起。克，能。 ⑳鸱（chī）枭（xiāo）：猫头鹰，古人认为是不祥之鸟。衡扼（è）：车辕前的横木和扼马颈的曲木，代指车。 ㉑衢：四通八达的道路。 ㉒间：离间。 ㉓乔林：高林。 ㉔厉：振动。 ㉕不遑：不暇。 ㉖往：指死亡。 ㉗故域：指曹彰的封地任城。 ㉘晞（xī）：干。 ㉙桑榆：《文选》李善注说："日在桑榆，以喻人之将老。" ㉚影响：影子和回声。 ㉛咄（duō）嗟（jiè）：惊叹

声。 ㉜亏：欠缺。 ㉝分：情分。 ㉞衾帱（chóu）：被子和帐子。 ㉟疾
瘥：疾病。瘥，同"疢"（chèn）。㊱松子：赤松子，传说中的仙人。 ㊲百
年：指长寿。持：保持。㊳黄发：高寿的象征。人老头发由白变黄，故云。

白马篇①

【导读】

《白马篇》是曹植的早期代表作之一，它赞美边塞游侠儿的机智勇
敢、武艺超群，歌颂了他们忠勇爱国、捐躯赴难的献身精神，寄托了作
者对建功立业的渴望和憧憬。此诗立意高远，感情激荡，语言豪壮，充
分体现出建安诗风慷慨悲壮的特点。清代方东树评道："此篇奇警。后来
杜公《出塞》诸什，实脱胎于此。明远《代出自蓟北门行》《结客少年
行》《幽并重骑射》皆模此，而实出自屈子《九歌·国殇》也。"（《昭
昧詹言》卷二）

白马饰金羁②，连翩西北驰③。
借问谁家子？幽并游侠儿④。
少小去乡邑，扬声沙漠垂⑤。
宿昔秉良弓⑥，楛矢何参差⑦。
控弦破左的⑧，右发摧月支⑨。
仰手接飞猱⑩，俯身散马蹄⑪。
狡捷过猴猿，勇剽若豹螭⑫。
边城多警急，虏骑数迁移⑬。
羽檄从北来⑭，厉马登高堤⑮。
长驱蹈匈奴，左顾凌鲜卑⑯。
弃身锋刃端，性命安可怀？
父母且不顾，何言子与妻？

名编壮士籍，不得中顾私^⑰。

捐躯赴国难，视死忽如归。

注释：

①《白马篇》：属《杂曲歌辞·齐瑟行》，是曹植创作的乐府新题，一题作《游侠篇》。 ②羁：马笼头。 ③连翩：飞驰。 ④幽、并：即幽州和并州，在今河北、山西和陕西等省部分地区，史称这里的人好气任侠。游侠儿：重义轻生之人。 ⑤垂：通"陲"，边疆。 ⑥宿昔：昔时。 ⑦楛（hù）矢：用楛木做的箭。楛，植物名，茎似荆而赤，可做箭。 ⑧控弦：张弓。的：箭靶。 ⑨月支：又名素支，箭靶名。 ⑩接：迎射。猱（náo）：猿类动物，轻捷如飞。 ⑪散：摧裂。马蹄：箭靶名，黑色。 ⑫剽：轻疾。螭（chī）：传说中一种无角的龙。 ⑬虏骑：指敌人的骑兵。迁移：指入侵。 ⑭檄：征召的文书。插上羽毛表示情况紧急，称为"羽檄"。 ⑮厉马：策马。 ⑯凌：凌驾，压制。 ⑰中顾私：心中顾念个人私事。中，内心。

阮籍

阮籍（210—263），字嗣宗，陈留尉氏（今河南尉氏）人，"竹林七贤"之一（另六位是嵇康、山涛、向秀、刘伶、王戎、阮咸）。曾为步兵校尉，世称"阮步兵"。阮籍生活于魏晋易代之际，当时统治阶级内部斗争异常尖锐，他本有济世之志，但因不愿与司马氏政权合作，故纵酒佯狂，不问世事，"口不臧否人物"（《晋书·阮籍传》），以全身免祸。他长于五言诗，作品多抒写个人的忧愤，"颇多感慨之词"（钟嵘《诗品》）。艺术上，常借比兴、象征的手法来表达感慨、抒发怀抱，诗风曲折深隐，词旨渊永，寄托遥深。有《阮步兵集》。

咏怀诗（其一）

【导读】

《咏怀诗》共八十二首，是阮籍的代表作。这组诗非一时一地所作，主要抒发作者的政治感慨，表达对现实的不满和不能解脱的矛盾与痛苦，开创了中国文学史上政治抒情组诗的先河。这里所选的是组诗的第一首，清人方东树说："此是八十一首发端，不过总言所以咏怀不能已于言之故。"（《昭昧詹言》卷三）诗歌写夜深人静时作者满腹忧思不能成寐的情景，体现出作者在当时的社会环境下孤独的处境和极度苦闷的心情。"忧思独伤心"一句，包含着无尽的哀怨与凄怆，是此诗也是组诗的情绪基调。诗中叙事、写景、抒情融会无间，含蓄蕴藉，意味无穷，表现出"阮旨遥深"的艺术特点。明代陆时雍评道："起何彷徨，结何寥落，诗之致在意象而已。"（《古诗镜》卷七）

> 夜中不能寐，起坐弹鸣琴。
> 薄帷鉴明月①，清风吹我襟。
> 孤鸿号外野②，翔鸟鸣北林③。
> 徘徊将何见？忧思独伤心。

注释：

①帷：帐幔。鉴：照。 ②号：哀鸣。 ③翔鸟：飞翔盘旋的鸟。北林：《诗经·晨风》中有"郁彼北林"语。后世诗人在使用"北林"一语时，往往带有心神悲伤、忧郁之意。

颜延之

颜延之（384—456），字延年，琅邪临沂（今属山东）人。官至金紫光禄大夫。他在当时诗坛声望很高，与谢灵运齐名，并称"颜谢"。作诗重雕饰锤炼，好用典故，其作品辞藻华丽，而缺乏自然的情韵。据《南史·颜延之传》载，"延之尝问鲍照己与灵运优劣，照曰:'谢五言如初发芙蓉，自然可爱。君诗若铺锦列绣，亦雕缋满眼。'"有《颜光禄集》。

五君咏之阮步兵[①]

阮公虽沦迹[②]，识密鉴亦洞[③]。
沉醉似埋照[④]，寓词类托讽[⑤]。
长啸若怀人[⑥]，越礼自惊众[⑦]。
物故不可论[⑧]，途穷能无恸[⑨]？

注释:

①阮步兵:即阮籍。他曾为步兵校尉，故有此称谓。 ②沦迹:将行踪隐藏。 ③识密:识见精微。鉴:指鉴赏识别。洞:深。 ④埋照:把光芒掩藏起来，意即把才能见识等深自敛藏。照，光。 ⑤"寓词"句:指阮籍在《咏怀诗》等作品中寄寓讽喻。 ⑥"长啸"句:据《三国志·魏书·王粲传》注引《魏氏春秋》记载，阮籍少时游苏门山，曾与山中隐者相对长啸。 ⑦越礼:不合于礼教。《晋书·阮籍传》中对他不拘礼教的行为多有记载。 ⑧物故:世故，世事。 ④"途穷"句:据《三国志·魏书·王粲传》注引《魏氏春秋》载，阮籍"时率意独驾，不由径路，车迹所穷，辄痛哭而返"。

【延伸阅读】

《五君咏》共五首，分咏"竹林七贤"中的阮籍、嵇康、刘伶、阮咸、向秀五人，作者通过对他们的歌咏来寄托自己的怀抱。《阮步兵》是第一首，写阮籍虽然看似狂放不羁，行为举止惊世骇俗，实则内心悲恸、苦闷不已。污浊的世道，让他只好采用这种佯狂的方式以自遁。

左思

　　左思，生卒年不可确考，字太冲，临淄（今山东临淄）人。出身庶族，博学能文，曾任秘书郎。《晋书·左思传》说他曾构思十年写成《三都赋》，一时洛阳为之纸贵。其诗今存十四首，风格高亢雄迈，语言遒劲豪壮。钟嵘在《诗品》中标举"左思风力"，评其诗曰："文典以怨，颇为精切，得讽谕之致。"清代陈祚明评价左思说："其雄在才，而其高在志。有其才而无其志，语必虚矫；有其志而无其才，音难顿挫。"（《采菽堂古诗选》卷十一）其作品主要见于《文选》和《玉台新咏》。

咏史（其一）

【导读】

　　《咏史》组诗共八首，是左思的代表作，开创了借咏史以咏怀的道路，为后世诗人所效法。这组诗主要抒写寒士的磊落不平之气和对士族权贵的蔑视。魏晋时期，严酷的"门阀制度"使庶族寒士很难进入政权中心，形成了"上品无寒门，下品无势族"（《晋书·刘毅传》）的局面。左思出身寒微，晋武帝时，其妹左棻因才名被纳为美人，左思全家迁往洛阳。他虽然文辞壮丽，但却在门阀制度下备受压抑，一直沉沦下僚，故作《咏史》八首以抒怀。

　　这里所选的是第五首。此诗先用一半的篇幅渲染了宫廷、王侯宅第的豪奢尊贵景象和威严气派，接下来笔锋一转，用"自非攀龙客"两句对前面铺陈的一切进行了否定，表达自己对豪门贵族的蔑视。作者想象前代著名的隐者许由那样高蹈逸世，这是作者愤慨、不平之下为自己寻找到的精神归宿。而"振衣千仞冈"两句，非常生动、传神地表现出了作者慷慨激昂、豪迈傲世的气概，历来为人传诵。诗歌语言奇伟壮丽，感情激越，气势磅礴，充分体现出作者的"志高才雄"。

皓天舒白日①，灵景耀神州②。
列宅紫宫里③，飞宇若云浮④。
峨峨高门内⑤，蔼蔼皆王侯⑥。
自非攀龙客⑦，何为欻来游⑧？
被褐出阊阖⑨，高步追许由⑩。
振衣千仞冈，濯足万里流⑪。

注释：

①皓天：形容天空明朗。舒：展现。 ②灵景：日光。神州："赤县神州"的简称，指中国。 ③紫宫：星垣名，这里比喻皇都。 ④飞宇：古代官殿屋檐的形状像飞翔时的鸟的羽翼，故称"飞宇"。 ⑤峨峨：高大的样子。 ⑥蔼蔼：众多的样子。 ⑦攀龙客：追随帝王以求进用的人。 ⑧欻（xū）：忽然。 ⑨褐：粗布衣，贫民的服装。阊阖：晋代洛阳城的城门之一。 ⑩许由：著名的隐士，尧时人。传说尧让帝位给他，他不肯接受而逃到箕山下，隐居躬耕。 ⑪"振衣"二句：用振衣、濯足来去掉尘世的污秽。振衣，扬起衣襟抖落身上的灰尘。濯，洗。

陶渊明

陶渊明（365—427），字元亮，一说名潜字渊明，号五柳先生，浔阳柴桑（今江西九江）人，卒后亲友私谥靖节。早年有济世之志，历任江州祭酒、镇军参军、彭泽令等职。因厌恶官场的污浊，辞官归隐。陶渊明安贫乐道，崇尚自然，他开创了田园诗这种新的题材，描写农村日常生活和美好风光，表现自己的隐逸情怀。在他笔下，田园是充满诗意的。其诗风质朴自然，不事雕琢，意境浑成，极富深情和洞见。苏轼说他的诗"质而实绮，癯而实腴"（《与苏辙书》）；元好问则评价为"一语天然万古新，豪华落尽见真淳"（《论诗绝句》），都很精辟地道出了陶诗的艺术特点。

蔼蔼堂前林中夏贮清阴

凯风因时来回飙开我襟

息交游闲业卧起弄书琴

康震

和郭主簿（其一）①

【导读】

《和郭主簿》这首诗写夏天乡居的悠闲生活。诗中所写之景很普通，树、风都是人人可见、可感的；叙事也不追求曲折，弄琴书、酿美酒、弱子嬉戏等等，写的都是日常生活。但作品读来却让人感觉诗情浓郁，富含机趣，平常的景与事在作者笔下具有了醇厚的诗味。这是作者清高超逸人格的投射。诗作目的不是写景、写事，而是写出了作者胸中的一片天地，表达出一种悠然自得的心境，从中我们体会到的是洞悉世事之后返璞归真的人生境界。诗作语言平易，毫无刻意雕饰，纯是自然神行，却言浅意深，令人咀嚼不尽。正如宋人黄彻所说："渊明所以不可及者，盖无心于非誉巧拙之间也。"（《䂬溪诗话》卷五）。

> 蔼蔼堂前林②，中夏贮清阴③。
> 凯风因时来④，回飚开我襟⑤。
> 息交游闲业⑥，卧起弄书琴。
> 园蔬有余滋⑦，旧谷犹储今。
> 营己良有极⑧，过足非所钦⑨。
> 春秫作美酒⑩，酒熟吾自斟。
> 弱子戏我侧，学语未成音。
> 此事真复乐，聊用忘华簪⑪。
> 遥遥望白云，怀古一何深。

注释：

①《和郭主簿》共二首，此为其一。这首诗大概作于晋安帝元兴元年（402），时年作者三十八岁。郭主簿：其人未详。②蔼蔼：树木繁盛的样子。③中夏：仲夏。④凯风：南风。因时：随着时节。⑤回飚：回

风。 ⑥交：指仕途交游。游闲业：游心于不急之务。 ⑦滋：繁殖。 ⑧营己：营谋自己的生活。良：诚然。极：限度。 ⑨钦：羡慕。 ⑩舂（chōng）：捣米去皮。秫：高粱。 ⑪用：以。华簪：比喻仕途富贵。

读山海经（其一）①

【导读】

　　《读山海经》这首诗咏精卫、刑天与帝争神之事，歌颂了他们至死不屈的斗争精神，慨叹良时的不可再来。与陶渊明诗歌质朴自然、语气舒缓、平淡中见警策的主导风格不同，这首诗情绪激昂、慷慨悲壮，所以鲁迅称它为"金刚怒目"式（《且介亭杂文二集·题未定草》）。关于这首诗的主旨，历来有多种说法，有"自喻"说、"悲易代"说等。袁行霈《陶渊明集笺注》则认为是"悲悯精卫、刑天之无成且徒劳也。非悲易代，亦非以精卫、刑天自喻也"。

　　　　　　　精卫衔微木，将以填沧海②。
　　　　　　　刑天舞干戚③，猛志故常在。
　　　　　　　同物既无虑，化去不复悔④。
　　　　　　　徒设在昔心⑤，良辰讵可待⑥！

注释：

　　①《读山海经》诗共十三首，本篇原列第十。 ②精卫：鸟名。据《山海经·北山经》，炎帝的小女儿名叫女娃，溺死于东海，死后化身为精卫鸟，常衔西山之木石以填东海。 ③刑天：据《山海经·海外西经》，刑天与帝争神，帝断其首，他以乳为目，以脐为口，操干戚而舞。干：即盾牌。戚：大斧。 ④"同物"二句：谓女娃和刑天或溺死，或断首，他们化身异物，但他们无所顾虑，也不悔恨，仍然保持着高昂的

斗志。同物，指他们化身为异物。 ⑤"徒设"句：意谓空有昔日的壮心。 ⑥良辰：指实现壮志的最佳时期。讵：岂，怎能之意。

谢灵运

谢灵运（385—433），陈郡阳夏（今河南太康）人。东晋名将谢玄之孙，十八岁袭封康乐公，世称谢康乐。他生活的那个年代，正值晋宋易代。刘裕建宋，将他降为康乐侯。《宋书》本传说他"自谓才能宜参权要，既不见知，常怀愤愤"。曾任永嘉太守、侍中、临川内史等职。后以谋反罪被杀。谢灵运是我国文学史上第一位大力摹写山水的诗人，革除了东晋诗坛"淡乎寡味"的谈玄风气，扩大了诗歌的表现领域。其诗语言富丽精工，境界清新自然。王世贞评其诗曰："至秾丽之极而反若平淡，琢磨之极而更似天然。"（《读书后》卷三）

登池上楼①

【导读】

《登池上楼》是谢灵运的名作，写于作者被贬永嘉之时。此诗写作者久病初起登楼时的所见所感，抒发了郁郁不得志的牢骚与感伤，以及离群索居的孤寂，流露出思归之意。"池塘生春草"二句，意象清新，浑然天成，深得后人激赏。其中"变"字用得尤为精当，活画出鸟儿鸣叫着穿梭于柳条间的热闹景象。叶梦得评此二句云："世多不解此语为工，盖欲以奇求之耳。此语之工，正在无所用意，猝然与景相遇，借以成章，不假绳削，故非常情所能到。"（《石林诗话》）何焯说这首诗："只似自写怀抱，然刊置别处不得，循讽再四，乃觉巧不可阶……'池塘'一联，惊心节物，乃尔清绮，惟病起即目，故千载常新。"（《义门读书记》）

潜虬媚幽姿②，飞鸿响远音③。

薄霄愧云浮，栖川怍渊沉④。

进德智所拙⑤，退耕力不任。

徇禄反穷海⑥，卧疴对空林⑦。

衾枕昧节候⑧，褰开暂窥临⑨。

倾耳聆波澜，举目眺岖嵚⑩。

初景革绪风⑪，新阳改故阴⑫。

池塘生春草，园柳变鸣禽⑬。

祁祁伤豳歌⑭，萋萋感楚吟⑮。

索居易永久⑯，离群难处心⑰。

持操岂独古，无闷征在今⑱。

注释：

①池：谢公池，在今浙江永嘉西北。　②潜虬：潜藏于水中的小龙，喻隐士。虬，传说中有两角的小龙。媚：自我欣赏。幽姿：美好的姿态。　③飞鸿：喻仕宦得意者。　④"薄霄"二句：谓鸿高飞云霄，虬栖于深渊，皆能各得其所，而自己却羁于尘网，因而感到惭愧。薄，迫近。栖川，栖息在水中。怍，惭愧。　⑤进德：即进德修业，指仕进。　⑥徇禄：追求官禄。穷海：荒僻的海滨，此指永嘉。　⑦疴（kē）：疾病。疴，旧读ē。　⑧昧节候：不知道季节的变化。　⑨褰（qiān）：拉开，掀起。窥临：临窗眺望。　⑩岖嵚（qīn）：高山。　⑪初景：初春的阳光。革：改变。绪风：余风，指冬天残留的寒风。　⑫新阳：初春。故阴：即将过去的冬天。　⑬变：指鸣叫的禽鸟种类繁多。一说指禽鸟的叫声不断变换。　⑭祁祁：众多的样子。豳歌：《诗经·豳风·七月》曰："春日迟迟，采蘩祁祁。女心伤悲，殆及公子同归。"此处用以表达自己因思归而哀伤的心情。　⑮萋萋：草茂盛的样子。楚吟：《楚辞·招隐士》有"王孙游兮不归，春草生兮萋萋"之语。用此典写自己不能归乡的伤感。　⑯索居：离群独居。易永久：容易感到日子长久。　⑰难处

心：难以安心。 ⑱"持操"二句：谓离群索居而无所苦闷，这样的情操不仅古人有之，我今日亦可以做到。持操，保持高尚的节操。无闷，避世而没有苦闷。《易经·乾》卦曰："遁世无闷。"征，验证。

【延伸阅读】

论诗绝句三十首（其二十九）

池塘春草谢家春，万古千秋五字新。
传语闭门陈正字①，可怜无补费精神！

注释：

①陈正字：宋代诗人陈师道（1053—1102），字履常，一字无己，号后山居士，彭城（今江苏徐州）人。官至秘书省正字。后因称"陈正字"。

【背景提示】

元好问

元好问（1190—1257），字裕之，号遗山，太原秀容（今山西忻州）人。三十二岁登进士第，曾任南阳等县县令，后入朝任右司都事等职。金亡，被元兵押解到聊城，后回到家乡从事著述。元好问是金代最杰出的诗人，其诗风雄浑苍莽，气象阔大，"挟幽并之气，高视一世"（郝经《遗山先生墓志铭》）。同时，他也是杰出的诗论家，在古代文学批评史上占有重要地位。有《遗山集》等。

《论诗绝句三十首》是元好问诗论的代表作，作于作者二十八岁时，后来可能经过改定。它们评价了自汉魏至宋季这一千多年间的重要诗人及诗派。本诗评论诗人谢灵运和陈师道。陈师道崇尚闭门觅句式的"苦吟",黄庭坚《病起荆江亭即事十首》之八云:"闭门觅句陈无己。"元好问在这里高度称赞了谢灵运"池塘生春草"句意境的自然天成,以此反衬出雕琢、苦吟的徒劳无功,那样将有伤诗歌的真趣。

鲍照

鲍照(约414—466),字明远,东海(今属山东)人。曾任临海王刘子顼前军参军,故世称鲍参军。后刘子顼起兵对抗宋明帝刘彧,鲍照为乱兵所杀。他位卑才高,一生很不得志,其作品多抒发贫寒之士的不平,表达对门阀制度的不满,有的作品反映了被压迫者的苦难。

鲍照诗、文、赋兼擅,尤长于乐府诗和七言诗。与谢灵运、颜延之并称为"元嘉三大家"。他变之前七言诗的逐句押韵为隔句押韵,并创造了以七言为主的歌行体,对七言诗的发展起到了重大的推动作用。其诗作感情奔放,语言劲健,风格俊逸豪迈。刘熙载《艺概·诗概》说他"慷慨任气,磊落使才";宋代敖陶孙则说:"鲍明远如饥鹰独出,奇矫无前。"(《诗评》)有《鲍参军集》。

拟行路难①(其四)

【导读】

《拟行路难》十八首是鲍照的代表作之一。此处所选的一首原列第四。读此诗,我们感受到的,是一种深深的、无法解脱的愁绪。"人生亦有命",哀叹、愁怨自己的境遇既不必又徒劳。作者似乎想通了这点,于是借酒以消愁,暂时断绝自己的悲歌。但这样的强自宽慰却没有让他得到解脱,"不敢言"体现的是愁之深、愁之重,和它的无法排遣。诗作写出了作者心理、情绪上的细微变化,层层渲染出"愁"的浓郁,在哀怨的情调下,隐含着寒士的慷慨不平之气和难以抑制的怨愤。沈德潜说此诗"妙在不曾说破,读之自然生愁"(《古诗源》卷十一)。

泻水置平地，各自东西南北流②。
人生亦有命，安能行叹复坐愁！
酌酒以自宽，举杯断绝歌路难③。
心非木石岂无感？吞声踯躅不敢言④。

注释：

①《行路难》属乐府《杂曲歌辞》，多写世路艰难及悲伤离别等。《拟行路难》是对乐府曲辞的模仿。 ②"泻水"二句：用水倒在地上四散分流的情状，喻人生命运的各不相同。 ③断绝：指歌声因举杯而中断。 ④吞声：声将发而又止的样子。

梅花落

【导读】

《梅花落》属汉乐府《横吹曲辞》。郭茂倩《乐府诗集》曰："《梅花落》，本笛中曲也。"鲍照这首诗采用比兴的手法，借物喻人，以"霜中能作花，露中能作实"的梅，象征那些正直而有才能的人；以"徒有霜华无霜质"的杂树，比喻那些虚有其表而毫无节操的人，表现了作者不随流俗、坚韧不拔的人格操守。

中庭杂树多，偏为梅咨嗟①。
问君何独然？念其霜中能作花，露中能作实。
摇荡春风媚春日，念尔零落逐寒风②，徒有霜华无霜质③。

注释：

①咨嗟：感叹，赞美。 ②尔：指杂树。 ③徒有霜华无霜质：谓杂树的外表空有霜的光和色，却没有耐寒的品质。

谢朓

谢朓（464—499），字玄晖，陈郡阳夏（今河南太康）人。出身豪门望族，与谢灵运同宗，二人被称为"大小谢"。曾任宣城太守、尚书吏部郎等职。东昏侯永元元年（499），始安王萧遥光谋夺帝位，他不予合作，遭诬陷下狱死。其诗擅写山水，风格清新流丽，既继承了大谢山水诗描摹精工的特点，又避免了大谢诗的情景割裂之弊。刘熙载说："谢玄晖以情韵胜，虽才力不及明远，而语皆自然流出，同时亦未有其比。"（《艺概》）有《谢宣城集》。

晚登三山还望京邑①

【导读】

《晚登三山还望京邑》写诗人登山远望以及由此而引发的乡国之思。诗作以工丽的语言描绘了一幅色彩鲜明、秀丽和谐的春景图，明媚的景色与诗人思乡的惆怅融合在一起，尤为深婉动人，具有很强的艺术感染力。"余霞散成绮"二句，比喻精巧，韵致悠长，历来为人称颂。李白曾赞叹："解道澄江静如练，令人长忆谢玄晖。"（《金陵城西楼月下吟》）

灞涘望长安②，河阳视京县③。
白日丽飞甍④，参差皆可见。
余霞散成绮，澄江静如练⑤。
喧鸟覆春洲⑥，杂英满芳甸⑦。
去矣方滞淫⑧，怀哉罢欢宴⑨。
佳期怅何许⑩，泪下如流霰⑪。
有情知望乡，谁能鬒不变⑫？

注释：

①三山：在今江苏南京西南长江南岸。京邑：指金陵，今江苏南京。 ②灞：灞水，发源于陕西蓝田，流经长安。涘：岸。汉末王粲避乱离开长安时有"南登灞陵岸，回首望长安"之语，此处作者借王粲望长安喻自己望京邑。 ③河阳：县名，在今河南孟州南。京县：西晋京城洛阳。潘岳在河阳做官时曾有"引领望京室，南路在伐柯"的诗句。此句以潘岳的望京比自己的望京。 ④丽：用作动词，指日光照耀京城的建筑，色彩绚丽。飞甍（méng）：高耸飞扬的屋檐。甍，屋顶。 ⑤练：白色的熟绢。 ⑥覆：覆盖，极言鸟多。 ⑦甸：郊野。 ⑧滞淫：淹留。 ⑨怀哉：《诗经·王风·扬之水》曰："怀哉！怀哉！曷月予还归哉！"此处谓怀念以往在京城与故人欢宴的情景。 ⑩佳期：指还京之期。怅何许：不知有多少怅恨。 ⑪霰（xiàn）：小雪粒。 ⑫鬒（zhěn）：头发黑而稠。变：指变白。

【延伸阅读】

宣城谢朓楼

谢朓楼位于现在的安徽宣城，与岳阳楼、黄鹤楼、滕王阁并称为江南四大名楼。

谢朓楼的前身为"高斋"。南齐明帝建武二年（495），谢朓出任宣城太守，于陵阳山顶建造一室，名曰"高斋"，并作有《高斋视事》《高斋闲望》等诗。

唐代，宣城人为怀念谢朓，于高斋旧址新建一楼，因楼位于郡治的北面，故名曰"北楼"。该楼建成后，登楼可眺望敬亭山，因此又被称为"北望楼"。唐代李白在漫游途中曾多次来到这里登楼凭吊，写下了不少脍炙人口的诗篇。如著名的《秋登宣城谢朓北楼》："江城如画里，山晚望晴空。两水夹明镜，双桥落彩虹。人烟寒橘柚，秋色老梧桐。谁念北楼上，临风怀谢公。"李白的诗在当时即广为传诵，该楼名声远播。又被为"谢公楼"或"谢朓楼"。此后，历代文人骚客慕名而来，登楼赋诗、题咏者络绎不绝。

唐代咸通末年，御史中丞兼宣州刺史独孤霖将北楼改建，因楼位于地势高险之处，故题名曰"叠嶂楼"。明代嘉靖年间，知府方逢时重修，复名"高斋楼"。清代康熙四十年（1701），知府许廷式复加以修茸，并说："叠嶂之名以地命也，谢公之称以人传也。北楼为古今所共知，而人而地并在其中矣。"遂题名为"古北楼"。清代光绪初，知府鲁一员对该楼重修一新，修整后的北楼分上下两层，上圆下方，顶盖琉璃瓦，上层题曰"叠嶂楼"，下层题曰"谢朓楼"；楼基周围有历代诗文碑刻和修楼碑记。

抗日战争时期，该楼被日机炸毁。现已复建如初，重现昔日风采，为宣城著名的人文景观。

隋唐五代宋元明清诗

王勃

王勃（649—676），字子安，绛州龙门（今山西河津）人。早慧好学，年仅十四岁即应举及第，授朝散郎。曾任沛王府修撰，后又为虢州参军，但因罪革职，其父也受到牵连，被贬为交趾令。唐高宗上元三年（676）秋，在渡海省亲时不幸溺水身亡。有《王子安集》二十卷。

送杜少府之任蜀川①

【导读】

《九歌》中说："悲莫悲兮生别离，乐莫乐兮新相知。"从古至今，离别一向是件使人"情何以堪"的痛苦之事，赠别诗也常常充满了"送君南浦，伤如之何"的凄凉情调。然而在距今一千多年的初唐时期，一位年轻的诗人却以稍嫌稚嫩却高亢昂扬的声音，吟哦出这样一首赠别诗《送杜少府之任蜀川》，其中"海内存知己，天涯若比邻"两句成为千古绝唱。

这首诗没有一般赠别诗常有的那种哀伤和悱恻，而是怀有一种奋发有为的精神，它所体现出的乐观开朗的情调，与唐朝前期经济文化走向繁荣的时代精神是一致的。年轻的诗人心中充满了豪迈的激情，他不屑于堆砌华丽的辞藻和繁复的典故，只是用质朴的语言抒写壮阔的胸襟；但在质朴之中又有警策，在豪迈中又包含着对友人的体贴。胡应麟评价王勃的五律："兴象婉然，气骨苍然，实首启盛（唐）、中（唐）妙境。"（《诗薮·内编》卷四）

城阙辅三秦②，风烟望五津③。
与君离别意，同是宦游人④。
海内存知己，天涯若比邻⑤。
无为在岐路⑥，儿女共沾巾。

注释：

①少府：官名，即县尉，掌管一县的治安和军事。之：去，往。之任：去就任。蜀川：泛指蜀地。 ②阙：古代宫门两旁的望楼。城阙：这里指长安。辅三秦：以三秦为辅，即在三秦的辅卫下。三秦，指古代秦国的地域，在今陕西一带。 ③五津：蜀中的长江自灌堰至犍为一段有五个渡口，即白华津、万里津、江首津、涉头津、江南津，合称为五津。 ④宦游：为了做官而远游四方。 ⑤比邻：近邻。比，古代五家相连为比。这两句化用了曹植《赠白马王彪》中"丈夫志四海，万里犹比邻。恩爱苟不亏，在远分日亲"。 ⑥无为：不要，不用。岐路：岔路，指分手的地方。

【延伸阅读】

古代士人的宦游

宦游，泛指士人离乡求官奔波在外，是古代士大夫阶层的生活方式之一。宦，即入仕做官的意思。春秋时，孔子带着弟子们周游列国，游说诸侯，希望得到任用。战国时，孟轲历游齐、宋、滕、魏等国，曾为齐宣王客卿。当时，各种学派的人物凭借自己的学说游说诸侯，做官封侯，成为一时的风气。至汉以后，中央集权的大一统国家形成，士人们为了求官，经常外出游历大川名山，投拜经师硕儒，至京都求贵显者引荐，往往抛别双亲妻子，多年不归，风尘困顿，甚至客死他乡。

唐代国势强盛，政治开明，极大地激发了文人的政治热情。当时文人想要做官主要有三条途径：一是通过科举。文人科举及第取得任官资格后，再经过吏部授官；二是通过举荐。具备一定条件的人可以通过他人举荐或自我举荐任官或迁官；三是通过入幕。文人通过加入藩镇幕府参与政事，也可由节度使推荐做官。不管通过哪条入仕途径，都需要充分展示自己的才华，或者科举之前就已名闻天下，或者结交名人而被举荐，或者凭借超凡才华被人征辟，凡此种种都需要四处活动，宦游因此更为盛行。文人们在漫游四方过程中，干谒投赠，结交名人，培养关系，提高声望，企图找到一条入仕的途径。唐代有大量文学作品皆与文人宦游的经历有关，这是中国古代社会特有的一种现象。杜审言《和晋陵陆丞早游春望》"独有宦游人，偏惊物候新"；王勃《杜少府之任蜀川》"与君离别意，同是宦游人"，都是流传千古的名句。

张若虚

张若虚（生卒年不详），扬州（今江苏扬州）人。曾任兖州兵曹。与贺知章、张旭、包融并称为"吴中四士"。他的诗作大部散佚，《全唐诗》中仅存两首，其中《春江花月夜》一首乃千古绝唱，有"孤篇压全唐"之美誉，被闻一多誉为"诗中的诗，顶峰上的顶峰"（《宫体诗的自赎》）。

春江花月夜①

【导读】

《春江花月夜》虽然沿用的是陈、隋乐府旧题，但诗人将其扩充为一首长篇歌行，融合了写景诗、爱情诗和哲理诗等传统题材，融诗情、画意、哲理为一体，创造出丰富而深邃的艺术境界。全诗紧扣春、江、花、月、夜的背景来写，而又以月为主体，通过对春江花月夜幽约静美景色的描绘，抒写真挚感人的离别情绪和富有哲理意味的人生感慨。诗人将真切的生命体验自然融入美的形象当中，营造出浑然完整的诗歌意境，整首诗篇仿佛笼罩在一片空灵而迷茫的月色里，吸引着读者去探寻其中美的真谛。

这首长诗是由九首七言绝句组成，诗人按照时间的顺序和景物的变化，巧妙地串联起一首首小诗，富有节奏感和跳跃性，全诗形成一种婉转悠扬的奇妙韵律，如同小提琴上奏出的优美的小夜曲。诗歌的语言清新明丽，完全洗去了宫体诗的浓脂艳粉，给人以澄澈空明的感觉。

后人评价说："《春江花月夜》用《西洲》格调，孤篇横绝，竟为大家。李贺、商隐，挹其鲜润；宋词、元诗，尽其支流。"足见其非同凡响的崇高地位和悠悠不尽的深远影响。

> 春江潮水连海平，海上明月共潮生。
> 滟滟随波千万里②，何处春江无月明。
> 江流宛转绕芳甸③，月照花林皆似霰④。
> 空里流霜不觉飞⑤，汀上白沙看不见。
> 江天一色无纤尘，皎皎空中孤月轮。
> 江畔何人初见月，江月何年初照人。
> 人生代代无穷已，江月年年望相似。
> 不知江月待何人，但见长江送流水。
> 白云一片去悠悠，青枫浦上不胜愁⑥。
> 谁家今夜扁舟子⑦，何处相思明月楼⑧。
> 可怜楼上月徘徊，应照离人妆镜台。
> 玉户帘中卷不去，捣衣砧上拂还来⑨。
> 此时相望不相闻，愿逐月华流照君。
> 鸿雁长飞光不度，鱼龙潜跃水成文⑩。
> 昨夜闲潭梦落花⑪，可怜春半不还家。
> 江水流春去欲尽，江潭落月复西斜。
> 斜月沉沉藏海雾，碣石潇湘无限路⑫。
> 不知乘月几人归，落月摇情满江树⑬。

注释：

①《春江花月夜》：乐府旧题，属《清商曲辞·吴声歌》。相传创自

余霞散成绮 澄江静如练 喧鸟覆春洲 杂英满芳甸

谢朓诗句 丁酉秋 康震

陈后主，见《旧唐书·音乐志》。 ②滟滟：微波荡漾的样子，这里指月光随波荡漾。 ③芳甸：散发着芬芳的郊野。 ④霰：小雪粒，这里形容洁白月光照耀下的花朵。⑤空里流霜：月光皎洁如霜，在空中流荡。 ⑥青枫浦：又名双枫浦，在今湖南浏阳境内，但此处是泛指水边送别之地。浦，水口，因而古人常用来指分别之地。 ⑦扁舟子：驾着小舟的游子。 ⑧明月楼：指思妇居住的楼。 ⑨"玉户"二句：均指月光，暗指月光引起思妇烦恼，难以排遣。 ⑩"鸿雁"二句：上句仰望长空，下句俯视江面，都是写夜景寂寞，望月怀人的心情。说"鸿雁"，说"鱼"，取鱼雁传书之意。⑪闲潭梦落花：指春天将尽，暗喻美人迟暮之感。闲潭，幽静的潭水。 ⑪碣石：山名。在今河北乐亭西南。潇湘：水名。由湘水和潇水在湖南零陵合流，称为潇湘，北入洞庭。这里以碣石、潇湘表示一南一北，相距遥远。 ⑫"落月"句：落月的余晖洒落在江边的树林中，树影和着离人的情思一起摇漾。

【延伸阅读】

春江花月夜
——中国古代十大名曲之一

中国古代有十大名曲，分别是《高山流水》《广陵散》《平沙落雁》《十面埋伏》《鱼樵问答》《夕阳箫鼓》《汉宫秋月》《梅花三弄》《阳春白雪》和《胡笳十八拍》。其中《夕阳箫鼓》是一首琵琶文曲，又名《夕阳箫歌》，此外还有《浔阳琵琶》《浔阳夜月》《浔阳曲》等不同版本流传于世。有人认为《夕阳箫鼓》的立意来自于白居易的《琵琶行》，如《浔阳琵琶》的曲名即取自《琵琶行》中第一句"浔阳江头夜送客，枫叶荻花秋瑟瑟"。事实上《夕阳箫鼓》的意境与《琵琶行》有较大差异，更多的人认为《夕阳箫鼓》的音乐内容和其展示的意境，来自张若虚的

《春江花月夜》一诗。表现了鲜花盛开的春夜，月光倾洒在江面上，一切安静而柔美的意境。到了20世纪20年代，出现了改编自《夕阳箫鼓》的管弦乐曲，更是直接取名为《春江花月夜》。

陈子昂

陈子昂（661—702），字伯玉，梓州射洪（今四川射洪）人。出身豪富之家，早年性格豪侠，有济世热情。唐睿宗文明元年（684）进士，武后时官至左拾遗，直言陈见，多中时弊。曾随武攸宜出征契丹，后解职归乡，为县令段简所害，死于狱中。后世称为陈拾遗。有《陈子昂集》十卷。

感遇（其二）

【导读】

古代很多诗人会写一种叫作"咏怀"或者"感遇"的组诗，这种组诗未必作于一时一地，作者往往以这种比较随意的形式，来表达自己某段时间的多种感触。魏晋时的阮籍有《咏怀》组诗，甚是有名；初唐的陈子昂学习他，写了《感遇》三十八首，以效古为革新，学习和继承了传统的比兴手法和咏史、写景的技巧，托物感怀，借古言今，寄意深远。

《感遇》其二是这组诗中比较含蓄蕴藉的一首。这是一首托物言志的诗歌，诗中以兰若自比，寄托了个人的身世之感。从屈原的《离骚》开始，中国文人就有借香草美人以自喻的传统，在很多情况下，诗人笔下那些独居幽谷、任年华逝去的美女，那些无人爱赏、自开自落的鲜花，都是郁郁不得志的诗人自身的写照。陈子昂的这首"兰若生春夏"也不例外，诗人借助空谷幽兰的美好形象，寄托了自己孤傲清高的情怀和时不我待的感慨。诗中全用比兴，不加议论，却更显得意味深长，富有情韵。

兰若生春夏①，芊蔚何青青②。
幽独空林色③，朱蕤冒紫茎④。
迟迟白日晚，袅袅秋风生⑤。
岁华尽摇落⑥，芳意竟何成。

注释:

①兰：香草，多年生草本植物，属菊科，与今所说的兰花不同。
若：杜若，又名杜衡，生长在水边的香草。 ②芊蔚：花叶茂密的样子。
青青："菁菁"的借字，繁盛的样子。 ③"幽独"句：指兰草和杜若幽独
地开放在林中，有着空绝群芳的秀色。 ④蕤（ruí）：本来指花下垂的样
子，这里指下垂的花。 ⑤袅袅：指微弱细长的样子，《楚辞·九歌·湘
夫人》："袅袅兮秋风。" ⑥岁华：草木一年一度荣枯，故曰岁华。

【延伸阅读】

感遇（其七）
张九龄

江南有丹橘，经冬犹绿林。
岂伊地气暖①，自有岁寒心②。
可以荐嘉客③，奈何阻重深④！
运命唯所遇⑤，循环不可寻⑥。
徒言树桃李⑦，此木岂无阴？

注释:

①岂：难道。伊：语助词，无实意。 ②岁寒心：犹言耐寒的特性。
《论语·子罕》："岁寒，然后知松柏之后凋也。" ③荐：进奉。 ④阻重

深：被阻隔在深远之地。　⑤遇：遇合。　⑥不可寻：找不出道理。　⑦树：栽种。

【背景提示】

张九龄

张九龄（678—740），字子寿，韶州曲江（今广东韶关）人，世称张曲江。长安二年（702）进士，历官校书郎、左拾遗、中书舍人、中书侍郎等职，后为李林甫所忌，罢免相位，贬官荆州长史。他为唐代名相，亦工诗能文。有《张曲江集》二十卷。

张九龄的这首《感遇》也是一首托物言志之作，作于遭李林甫排挤被贬荆州之后。荆州是楚国之故都，楚人屈原曾写过一首《橘颂》，歌颂其"苏世独立，横而不流"的品质。张九龄此诗也以岁寒不调的丹橘自况，以桃李影射专权小人，表现自己坚贞高洁的情操，在情韵上有屈骚之风。所以清人刘熙载说："曲江（张九龄）之《感遇》出于《骚》，射洪（陈子昂）之《感遇》出于《庄》，缠绵超旷，各有独至。"（《艺概·诗概》）

登幽州台歌①

【导读】

记得一本武侠小说中有个武功极高的大侠，给自己取名为"独孤求败"，表达了一种境界达到极高反而无比孤独的情绪。不知为何，每当读陈子昂的这首《登幽州台歌》，就会想起独孤求败，诗人的情怀与武侠的境界在这里融为一体了。这首诗作于陈子昂随武攸宜出征途中，由于建议不被采纳，他登台怀想古人求贤的史迹，有感而作此诗。在苍凉辽阔的时空大背景之下，抒发了知遇难求的孤独、壮志难酬的悲愤和时不我待的焦灼。

陈子昂是唐代诗文革新的先驱人物，韩愈曾称赞他："国朝盛文章，自昂始高蹈。"（《荐士》）他的诗论提倡"汉魏风骨"和"雅兴寄托"，强调诗歌的现实意义，在齐梁诗风弥漫的初唐诗坛，这样的理论无疑是格格不入的。这首诗在一定程度上其实代表了所有勇于开风气之先者的孤独。

前不见古人，后不见来者②。
念天地之悠悠，独怆然而涕下③。

注释：

①此诗作于武则天万岁通天元年（696），作者随军出征，建议不被采纳，登台怀想古人，有感而歌。幽州台，相传战国时燕昭王于此征招贤士。故址在今北京西南。 ②"前不见"二句：是说像燕昭王那样能招贤纳士的人古代曾有过，以后也应该有，但不及相见。 ③怆然：感伤的样子。

孟浩然

孟浩然（689—740），襄阳（今湖北襄樊）人，世称孟襄阳。早年在家乡读书，隐居鹿门山，中年长安求仕未果，因而一生中未曾出仕，过着隐居和漫游的生活。他是盛唐山水田园诗派的代表人物，与王维并称为"王孟"。有《孟浩然集》四卷。

夏日南亭怀辛大①

【导读】

孟浩然的生平经历简单，诗歌创作的题材也比较狭窄，苏轼说他

"韵高而才短，如造内法酒手而无材料"（陈师道《后山诗话》引），是有一定道理的。然而他的诗歌在艺术上也有独特的造诣，他善于发掘自然和生活之美，以白描手法写景抒情，即景会心，不事雕饰，富有超妙自得之趣。如这首《夏日南亭怀辛大》，前半首纯乎写景，描绘出一幅悠然自得的夏夜纳凉图；诗歌的后半抒发知音难求、怀想友人的感情。

试想此情此景——夏日黄昏，日落月上之时，诗人散发卧于清静宽敞的小亭之中，微风送来幽然的荷香，耳边传来翠竹滴露的轻响，这是何等清幽闲适的境界。田园诗的鼻祖陶渊明曾说："常言五六月中北窗下卧，遇凉风暂至，自谓是羲皇上人。"（《与子俨等疏》）

孟浩然的诗歌写得非常清淡，全诗没有一个新奇的意象，没有一个生僻的字眼，没有一个起伏的节奏，甚至连感情也是一种波澜不惊的状态。但就是在这种不事雕琢的冲淡当中，流露出一种清旷超逸之气。杜甫说他"清诗句句尽堪传"（《解闷》），又赞叹他"赋诗何必多，往往凌鲍谢"（《遣兴》），是有道理的。

> 山光忽西落②，池月渐东上③。
> 散发乘夕凉④，开轩卧闲敞⑤。
> 荷风送香气，竹露滴清响。
> 欲取鸣琴弹，恨无知音赏⑥。
> 感此怀故人，中宵劳梦想⑦。

注释：

①夏日：一作"夏夕"。怀：怀念。辛大：生平不详，当是一位与孟浩然有交往的隐士，"大"是他在兄弟间的排行。 ②山光：指傍山而落的太阳。忽：很快地。西落：一作"西发"。 ③池月：池边的月亮。 ④散发：古代男子蓄发，平时一般束发戴冠，盘于头顶。把发散开，表示不受拘束，自在舒适。 ⑤轩：此处指窗。闲敞：清静宽敞的

地方。 ⑥恨：遗憾。知音：知己，这里指辛大。赏：欣赏。 ⑦中宵：
一整夜。劳：苦于。

【延伸阅读】

鹿门归隐

鹿门山，位于唐代襄州宜城东北六十里，今属湖北襄樊襄阳东南东
津镇境内，北临沔水，西濒汉江，地处僻野，环境清幽静谧。东汉末年
有一位著名的隐者庞公率家人在此地隐居，成为唐人向往的楷模和吟咏
的对象，杜甫《遣兴五首》其二有"昔者庞德公，未曾入州府。襄阳耆
旧间，处士节独苦"之句。

唐代文人有一条求仕的捷径——隐居，因而有"终南捷径"一说。
但是也有一些文人确实坚持自己的初衷，隐居山中，终身未仕，孟浩然
就是这样一位"红颜弃轩冕，白首卧松云"的隐士诗人。他对自己的同
乡隐士庞公更有一种亲切感，遂选择了庞公曾经隐居的鹿门山作为自己
安身立命之地，并创作了大量描写自己鹿门隐居生活的诗篇。其中广为
传唱的有《夜归鹿门山歌》，写自己月夜独归鹿门的情形。在朦胧的月
色下，诗人经过庞公旧隐的地方，迷离惝恍之中仿佛与前贤合而为一、
不分彼此，这也正是他步武前贤的目的所在。

孟浩然一生布衣，隐居鹿门，以自己终身隐逸的经历和优美的鹿门
隐逸诗篇，成为鹿门山隐逸的新的经典。在孟浩然之后，往来襄阳鹿门
的文人墨客便常以他为题咏的对象，将其与鹿门山联系在一起。如中唐
诗人陈羽《襄阳过孟浩然旧居》有"孟子死来江树老，烟霞犹在鹿门山"
之句，抒写孟浩然死后，其鹿门旧隐余风犹在，点明孟浩然与鹿门的因
缘。可见在后代诗人心目中，孟浩然已经成为鹿门隐逸新的代表人物。

王维

王维（701—761），字摩诘，太原祁州（今山西祁县）人。开元九年（721）进士，历任大乐丞、右拾遗、监察御史等职。安史之乱时被叛军所执，被迫受伪职。平乱之后贬为太子允中，后官尚书右丞，世称王右丞。他早年政治上倾向进步，中遭变乱，思想日趋消极，其佛教信仰也日益发展，因而后半生一直过着半官半隐的生活。有《王右丞集》传世。

山居秋暝①

【导读】

王维是盛唐诗坛上除李、杜外的又一位大家，他能诗善画，还擅长音乐与书法，其诗歌兼有音乐与绘画之美，苏轼评价为"味摩诘之诗，诗中有画；观摩诘之画，画中有诗。"（《题蓝田烟雨图》）深湛的艺术修养，对于自然的爱好和长期山林生活的经历，使王维对自然美具有敏锐独特而细致入微的感受，他以清新的笔调，精致地描绘出山林田园丰富的景致，表达了生活于其中闲逸萧散的情趣，具有形象鲜明、情韵深长的风貌。

《山居秋暝》这首诗描绘了傍晚雨后山村清新秀丽的景色，表现出田园生活的悠然乐趣。诗人选取了"空山""新雨""明月""清泉"这一系列具有空灵感和清澈感的意象，为我们营造出一个超然物外的境界。又在其中点缀"浣女"与"渔舟"的音容情态，使空灵之景具有了凡世的生动鲜活。诗中写景动静结合，色彩映衬鲜明而优美，而且细致地表现出自然界的光色和音响变化，具有一种优美和谐的意境。

空山新雨后，天气晚来秋。
明月松间照，清泉石上流。

竹喧归浣女②，莲动下渔舟③。

随意春芳歇，王孙自可留④。

注释：

①暝：傍晚。　②"竹喧"句：指洗衣的女子结伴归来，竹林中传出阵阵笑语。浣女，洗衣的女子。　③"莲动"句：指溪中莲花动荡，知是渔船沿水下行。　④"随意"二句：《楚辞》淮南小山《招隐士》云："王孙兮归来，山中兮不可以久留。"这里反用其义，是说春天的芳菲虽已消歇，但秋景也佳，王孙可以留在山中。

【延伸阅读】

诗中有画，画中有诗

中国古典诗歌与绘画是须臾不可分割的，钱锺书在《中国诗与中国画》里说"它们不但是姐妹，而且是孪生姐妹"。唐代诗人王维的创作非常典型地反映了中国诗与中国画的关系，苏东坡在《东坡志林》中评价王维："味摩诘（王维）之诗，诗中有画；观摩诘之画，画中有诗。"成为人们公认的定论。

王维用萧疏清淡的水墨笔法作画，自成一家，被后人称作山水画南宗的开山鼻祖。他的绘画强调写意、追求神似，表达主观情致，所以就有了诗的情韵和意趣，即"画中有诗"。而王维在绘画、音乐、书法方面所具有的深厚艺术素养，使他在诗歌创作时，比一般诗人更能精确、细致地感受和捕捉到自然界美妙的景色和神奇的音响，并将之诉诸笔端。也更会用词设色，注意诗歌音调的和谐。使得他的诗中有画的意境，有音乐的流畅，有书法的变化，这样就无形中形成了他独有的"诗中有画"的艺术风格。

使至塞上

【导读】

　　王维是唐代最负盛名的山水田园诗人，但不代表他的其他题材没有好的作品。王维早年亦有用世之志，有一些风格积极昂扬的作品。他曾于开元二十五年（737）出塞赴河西节度使幕慰边，写下一批边塞诗，其中最负盛名的当属这首《使至塞上》。这首诗最为人所称道的是"大漠孤烟直，长河落日圆"这一写景名联，诗人抓住"大漠孤烟""长河落日"这些塞外特有的典型意象，并以极为简洁的方式将其组合起来，为读者勾勒出一幅形象鲜明的大漠风光图。虽然人们对"孤烟"的具体所指还有争议，但这两句诗所描绘出的那种塞外特有的空阔寂寥又雄浑壮丽的景象，千百年来一直带给人们无限的震撼和感动。

　　　　单车欲问边①，属国过居延②。
　　　　征蓬出汉塞③，归雁入胡天④。
　　　　大漠孤烟直⑤，长河落日圆⑥。
　　　　萧关逢候骑⑦，都护在燕然⑧。

注释：

　　①单车：一辆车，指独行。问边：到边境去查看。　②属国：指少数民族附属于汉族朝廷而存其国号者。居延：地名，汉代称居延泽，唐代称居延海，在今内蒙古额济纳旗北境。　③征蓬：随风飘飞的蓬草。　④归雁：因季节是夏天，大雁北飞，故称"归雁入胡天"。　⑤大漠：广阔无际的大沙漠。孤烟：赵殿成注有二解，一云古代边防报警时燃狼粪，"其烟直而聚，虽风吹之不散"；二云塞外多旋风，"袅烟沙而直上"。　⑥长河：疑指今石羊河，此河流经凉州以北的沙漠。　⑦萧关：古关名，故址在今宁夏固原东南。候骑：侦察兵。王维出使河西并不经

过萧关，此处大概是用何逊诗"候骑出萧关，追兵赴马邑"之意，非实写。 ⑧都护：官名。唐朝在西北置安西、安北等六大都护府，每府派大都护一人，副都护二人，负责辖区一切事务。燕然：古山名，即今蒙古国杭爱山。《后汉书·窦宪传》：宪率军大破单于军，"遂登燕然山，去塞三千余里，刻石勒功，纪汉威德，令班固作铭"。此两句意谓在途中遇到候骑，得知主帅破敌后尚在前线未归。

王昌龄

王昌龄（698—757），字少伯，太原（今山西太原）人，一说京兆长安（今陕西西安）人。开元十五年（727）进士，曾任汜水县尉、校书郎、江宁丞、龙标尉等职，安史之乱时为濠州刺史闾丘晓所杀。他是开元、天宝年间的重要诗人，有"诗家夫子王江宁"之称。有《王昌龄集》。

王昌龄尤其擅长七言绝句，作品和李白齐名，有"七绝圣手"之称。内容以边塞、送别和闺怨为主，风格清刚劲健，委婉蕴藉。沈德潜《唐诗别裁》云："龙标绝句，深情幽怨，意旨微茫，令人测之无端，玩之无尽。"

出塞①

【导读】

唐代边塞诗的内容和体裁都十分丰富，每个作家都有自己擅长的诗体形式。王昌龄的边塞诗多为七言绝句等短小诗篇，作者非常讲究构思立意，善于从军旅生活中提炼出最典型的情景，在写作方式上以景寓情，情景交融，营造出刚健而蕴藉的艺术境界。《出塞》首句"秦时明月汉时关"，营造出一种极具时空感的"明月照边疆"这一典型意境，将现实的景物、感受与历史的回顾相结合，在最平实的主题之中凝练出贯穿于时间与空间中永恒的思考。全诗意境开阔，感情深沉，有纵横古今的气魄，又贯穿着理性的思考，确实为边塞诗中的珍品，因而被誉为唐人七绝的压卷之作。

> 秦时明月汉时关②，万里长征人未还。
> 但使龙城飞将在③，不教胡马渡阴山④。

注释：

①出塞：乐府《横吹曲辞》旧题。 ②"秦时"句：此句为互文，意为从秦至汉，明月一直映照关塞。关，关塞。 ③但使：只要。飞将：指汉朝名将李广，匈奴畏惧他的神勇，称他为"飞将军"。 ④阴山：位于内蒙古北部，西起河套，东抵小兴安岭，是我国北方的天然屏障。

王之涣

王之涣（688—742），字季陵，原籍晋阳（今山西太原），后徙居绛州（今山西新绛）。初以门荫出任冀州衡水主簿，因被诬而辞官，晚年出任文安县尉。他是盛唐时代的著名诗人，但作品大多散佚，《全唐诗》仅存诗六首，却颇多脍炙人口的佳作，如著名的《登鹳雀楼》等。

出塞①

【导读】

王之涣的《出塞》是流传千古的佳作。诗歌前两句，抓住远眺的特点，描绘出一幅气势雄伟的动人图画，勾勒出这个国防重镇的地理形势，突出了戍边士卒的荒凉境遇，为后两句刻画戍守者的心理提供了一个典型环境。后两句写在这种环境中忽然听到了羌笛声，所吹的曲调恰好是《折杨柳》，这就不能不勾起戍卒的离愁。古人有临别折柳相赠的风俗，"柳"与"留"谐音，赠柳表示留念。当戍边士卒听到羌笛吹奏着悲凉的《折杨柳》曲调时，就难免会触动离愁别恨。于是，诗人用豁达的语调进行排解，用了"何须怨"三字，使诗意更加含蓄，更有深意。

　　这首诗在写法上并无出奇之处，前两句写景，后两句抒情。但诗人在写景时善于采用极为常见的意象，并加以精心组合，营造出气势磅礴的壮美景象，奠定一种昂扬、悲壮的基调。抒情时却又曲折含蓄、委婉蕴藉，表面上是劝说安慰边地将士，实际上则寄寓着作者无限的同情与感慨。

> 黄河远上白云间，一片孤城万仞山②。
> 羌笛何须怨《杨柳》③，春风不度玉门关④。

注释：

　　①诗题一作《凉州词》。　②孤城：指玉门关。万仞：古以八尺为一仞，万仞言其极高，非确指。　③怨《杨柳》：用羌笛吹奏出的《折杨柳枝》曲调，凄伤哀婉。北朝乐府《鼓角横吹曲》有《折杨柳枝》："上马不捉鞭，反拗杨柳枝。下马吹横笛，愁杀行客儿。"　④玉门关：古代是中原和西域交流的要冲，西过玉门难见杨柳，极言边关之环境恶劣，暗寓边地僻远，皇恩难及之意。

【延伸阅读】

旗亭赌唱

　　唐玄宗开元年间，诗人王昌龄、高适、王之涣三人齐名，经常在一起游玩。一日天气寒冷，微微下着小雪，他们一起在旗亭买酒畅饮。忽然有十几个乐官也上楼宴饮联欢，他们三人就避到一边，围着炉火观看。

　　过了一会，又有四个十分漂亮的歌伎也陆续而至，随后开始奏乐，都是当时流行的名曲。王昌龄他们私下互相约定说："我们这些人都享有诗名，到底谁好谁差，我们无法定高下。今天就看各位歌女所唱的诗，被谱作歌词多的就算优胜。"

先有一位歌女唱道："寒雨连江夜入吴，平明送客楚山孤。洛阳亲友如相问，一片冰心在玉壶。"（王昌龄诗）王昌龄伸手在壁上画一道，说："一首绝句。"不久又一位歌女唱："开箧泪沾臆，见君前日书。夜台空寂寞，犹是子云居。"（高适诗）高适伸手在壁上画一道说："一首绝句。"又一歌女唱"奉帚平明金殿开，且将团扇共徘徊。玉颜不及寒鸦色，犹带昭阳日影来。"（王昌龄的乐府诗）王昌龄又伸手画一道说："两首绝句。"王之涣觉得自己久有诗名，就对王昌龄、高适说："这几个都是失意的乐官罢了，唱的都是下里巴人的歌词。那些阳春白雪的曲子，岂是这些俗人敢唱的？"接着指着那个穿紫衣服的最漂亮的歌女说："一会儿她唱的如果不是我的诗，我就永远不再和你们争高下了。如果唱的是我的诗，你们几个都要拜我为师。"于是大家边说笑边等着。过一会儿，那个歌女唱的果然是"黄河远上白云间，一片孤城万仞山。羌笛何须怨《杨柳》，春风不度玉门关。"（王之涣诗）王之涣立即得意地对两人说："乡下人，我没有胡说吧！"于是都大笑起来。

岑参

岑参（715—770），江陵（今湖北江陵）人，祖籍南阳（今河南南阳）。唐玄宗天宝三载（744）进士，曾两次在西北边塞充任幕僚。安史之乱后，历任虢州长史、嘉州刺史等职。他是盛唐边塞诗派的代表诗人。有《岑嘉州集》十卷。

白雪歌送武判官归京①

【导读】

人们常说，生活是创作的源泉，唐代诗人岑参的边塞诗创作正体现了这一规律。多年的军旅生活，丰富的经历体验，造就了岑参这样一位边塞诗人，诗中那些对边塞风光、边地生活和军旅生涯的描写，也因为有了现实基础而显得格外鲜活真切。

边地苦寒，气候恶劣，但也有许多壮丽奇伟的景色，《白雪歌送武判官归京》这首诗就描写了塞外八月飞雪的美景，同时也抒发了作者送别友人的深情厚谊。"忽如一夜春风来，千树万树梨花开"，眼前翻飞的雪花与作者心中故乡盛开的梨花融为一体，表现出一种复杂的情怀。诗人使用了夸张、比喻等浪漫主义的表达方式，以纵横矫健的笔力，开阖自如的结构，抑扬顿挫的韵律，创造出奇中有丽的美好意境。全诗不断变换着白雪画面，化景为情，慷慨悲壮，浑然雄劲，是盛唐边塞诗中不可多得的佳作。

> 北风卷地白草折②，胡天八月即飞雪。
> 忽如一夜春风来，千树万树梨花开。
> 散入珠帘湿罗幕③，狐裘不暖锦衾薄④。
> 将军角弓不得控⑤，都护铁衣冷难著⑥。
> 瀚海阑干百丈冰⑦，愁云惨淡万里凝⑧。
> 中军置酒饮归客⑨，胡琴琵琶与羌笛。
> 纷纷暮雪下辕门⑩，风掣红旗冻不翻⑪。
> 轮台东门送君去⑫，去时雪满天山路。
> 山回路转不见君，雪上空留马行处。

注释：

①此诗作于作者赴安西北庭节度使幕就任判官之时，武判官当为离任的前判官。　②白草：一种生长在西域的草，秋冬变白，枯而不萎。折：断。　③散入：雪花飘入帘内。珠帘：用珠子穿缀而成的门帘。罗幕：用绫罗织成的帘幕。　④狐裘：狐皮制成的袄。锦衾：锦缎

制成的被子。 ⑤角弓：用兽角装饰的弓。控：引，拉。 ⑥都护：边关的长官，唐代边关设立六都护。著：穿。 ⑦瀚海：沙漠。阑干：纵横的样子。百丈：极言冰雪之厚。 ⑧惨淡：晦暗。 ⑨中军：古代军队分置三军，为左、中、右，中军为主帅亲统的军队，诗中借指主帅的大营。 ⑩辕门：军营的正门。 ⑪掣（chè）：拉，牵引。翻：翻卷，飘扬。 ⑫轮台：唐代西北的边关。在今新疆维吾尔自治区乌鲁木齐西南。

高适

高适（706—765），字达夫，渤海蓨（今河北景县）人。早年长期漫游，任过封丘县尉，后入河西节度使哥舒翰幕府。安史乱起，他展示出军事才华，仕途开始飞黄腾达，屡次升迁，历任谏议大夫、淮南节度使、刑部侍郎、左散骑常侍等职，封渤海县侯。有《高常侍集》。

燕歌行（并序）

【导读】

高适的边塞诗往往将边塞风光、见闻和对边事的感慨、议论融合在一起，直抒胸臆，有慷慨激昂之气。《燕歌行》是其代表作，全诗以非常浓缩的笔墨描写了战争的各个方面，尤其通过一系列鲜明的对比，表达了对士兵在战争中承受的痛苦和牺牲的同情，具有一种悲壮淋漓的气氛。

岑参与高适都长于写边塞诗，且都具有豪迈雄壮的风格，因而自当时起就有"高岑"之并称。但二人的边塞诗也有许多不同，内容上高适富于现实关怀，岑参长于浪漫想象；形式上高诗多夹叙夹议，直抒胸臆，岑诗则长于描写，多寓情于景；风格上高适偏于悲壮，岑参偏于奇丽。

开元二十六年，客有从御史大夫张公出塞而还者①，作《燕歌行》以示适，感征戍之事，因而和焉。

春江潮水連海平海上明
共潮生灩灩随波千萬里
何處春江無月明 康震書

汉家烟尘在东北②，汉将辞家破残贼。

男儿本自重横行③，天子非常赐颜色④。

拟金伐鼓下榆关⑤，旌旆逶迤碣石间⑥。

校尉羽书飞瀚海⑦，单于猎火照狼山⑧。

山川萧条极边土⑨，胡骑凭陵杂风雨⑩。

战士军前半死生⑪，美人帐下犹歌舞⑫。

大漠穷秋塞草腓⑬，孤城落日斗兵稀。

身当恩遇常轻敌⑭，力尽关山未解围。

铁衣远戍辛勤久⑮，玉箸应啼别离后⑯。

少妇城南欲断肠⑰，征人蓟北空回首⑱。

边庭飘飖那可度⑲，绝域苍茫更何有⑳。

杀气三时作阵云㉑，寒声一夜传刁斗㉒。

相看白刃血纷纷，死节从来岂顾勋㉓。

君不见沙场征战苦，至今犹忆李将军㉔。

注释：

①张公：指河北节度副使张守珪，开元二十三年张守珪与契丹作战有功，拜官辅国大将军兼御史大夫。开元二十六年部将赵堪假借其命令出击奚族余党，先胜后败。张守珪不以实情上报，反而贿赂公使，掩盖真相，事泄后贬官括州刺史。 ②汉家：汉朝，诗中借指唐朝。烟尘：烽火征尘，指敌人已经入侵。 ③横行：战场上横行无阻，驰骋于敌军之中。 ④赐颜色：给予宠待。 ⑤拟金伐鼓：行军时金鼓齐鸣，长驱直入。榆关：即山海关，在今河北秦皇岛东北。 ⑥旌旆：指军旗。逶迤：连绵不断的样子。 ⑦校尉：武官名称，泛指军中的将领。羽书：古代调兵遣将的紧急书信。瀚海：指蒙古高原的大沙漠和准噶尔盆地一带。 ⑧单于：匈奴首领的称号，后来泛指少数民族的首领。狼山：狼居胥山，在今内蒙古自治区的中部，泛指双方交战的地区。 ⑨极边土：到

达边境的尽头。 ⑩凭陵：凭借有利的条件去欺凌别人。杂风雨：夹杂着风雨，形容敌军的进攻异常凶猛。 ⑪半死生：半死半生，指伤亡惨重。 ⑫帐下：指主帅的军帐中。 ⑬穷秋：深秋。腓：病，枯萎。 ⑭身当恩遇：指受到朝廷的恩遇和重用。 ⑮铁衣：指戍守边境的士兵。 ⑯玉箸：玉筷。诗文中以此形容妇女的眼泪。 ⑰城南：指长安城南，泛指征人家属的住宅区。 ⑱蓟北：蓟门以北，泛指东北地区的战场。 ⑲飘飖（yáo）：边地狂风极猛，暗喻时局不稳定。 ⑳绝域：边远绝地。 ㉑三时：早、中、晚三时，指全天。 ㉒刁斗：古代军队中用来巡夜和做饭的铜器。 ㉓死节：为国家征战而死，捐躯国难。岂顾勋：哪里是为了个人的功勋。 ㉔李将军：指李广，取李广捍卫国家边疆和体恤士兵之意。

李白

李白（701—762），字太白，号青莲居士，祖籍陇西成纪（今甘肃天水），先祖曾流徙中亚碎叶城，李白生于此，五岁时随父迁居彰明青莲乡（今四川江油）。青年时代漫游就学于蜀中，唐玄宗天宝初奉诏入京，为供奉翰林，三年后去职，开始新的漫游。安史之乱中隐居于庐山，后因加入永王李璘的幕府，被流徙夜郎，遇赦放还。晚年漂泊在东南一带，病死在安徽当涂。他与杜甫并称"李杜"。有《李太白全集》。

将进酒①

【导读】

李白是中国古代诗歌史上的一位富有传奇色彩的人物，他的诗歌创作上承屈原，有强烈的浪漫主义精神，想象奇特，夸张大胆，风格纵横豪放，也有许多清新明丽之作。最能代表李白诗歌风貌的是他的乐府和歌行，或者借古题写现实，具有鲜明的时代精神和深刻的寓意寄托；或者用古题写己怀，从原有的主题和本事出发展开联想，抒写自己的情怀，体现出发兴无端、气势壮大的个性特点。

《将进酒》本是乐府古题，含有以饮酒放歌为言之意。诗人根据乐府旧题在古辞中的寓意和情感倾向，进行创造性生发和联想，运用大胆的夸张和巧妙的比喻突出主观感受，抒发"天生我才必有用"的豪壮气概，以纵横恣肆的文笔，形成磅礴的气势，不仅把原曲的主题发挥得淋漓尽致，还充分展示出诗人狂放自信的人格风采，体现了盛唐诗歌蓬勃向上的时代精神，具有壮大奇伟的阳刚之美。

君不见黄河之水天上来，奔流到海不复回②。
君不见高堂明镜悲白发，朝如青丝暮成雪③。
人生得意须尽欢④，莫使金樽空对月⑤。
天生我材必有用，千金散尽还复来。
烹羊宰牛且为乐，会须一饮三百杯⑥。
岑夫子，丹丘生⑦，将进酒，杯莫停。
与君歌一曲，请君为我侧耳听。
钟鼓馔玉不足贵，但愿长醉不愿醒⑧。
古来圣贤皆寂寞⑨，惟有饮者留其名。
陈王昔时宴平乐⑩，斗酒十千恣欢谑⑪。
主人何为言少钱，径须沽取对君酌⑫。
五花马⑬，千金裘，呼儿将出换美酒⑭，与尔同销万古愁⑮。

注释：

①《将进酒》：汉乐府诗题，内容多表达饮酒放歌时的情感。 ②"君不见"二句：借河水的奔流比喻时光的流逝，一去不返。天上来，黄河发源于青海巴颜喀拉山的昆仑山脉，因为高远所以说天上来。不复回，一去不返。 ③高堂：高大的厅堂。雪：形容头发花白的样子。这两句表达时光飞逝，生命短暂。 ④得意：舒心顺畅的时候。尽欢：尽情欢

乐。 ⑤金樽：指名贵的酒杯。 ⑥会须：应该。 ⑦岑夫子：岑勋。丹丘生：元丹丘。两人都是李白的好友。 ⑧钟鼓馔玉：指富人家的美妙音乐和精美的饮食，借代富贵的生活。 ⑨寂寞：指死后默默无闻。 ⑩陈王：指曹植，曾被封为陈王。平乐：观名，故址在今河南洛阳。 ⑪恣欢谑：纵情欢乐。 ⑫径须：只管。沽：买。酌：饮酒。 ⑬五花马：五色花纹的马，指名贵的宝马。 ⑭将出：拿出。 ⑮销：消除。万古愁：极言愁之深。

行路难①

【导读】

这首《行路难》采用的是乐府古题，写于天宝三载（744）李白离开长安之时。全诗的篇幅虽然不算长，但跳荡纵横，开合起伏，细腻地揭示了诗人感情的激荡起伏和复杂变化，具有长篇的气势格局。刚写了"金樽美酒"的欢宴情景，紧接着写"停杯投箸"的强烈感情变化；刚刚慨叹"冰塞川""雪满山"的道路险阻，又恍然神游千载之上与吕尚、伊尹等古代贤者交流。经过一系列矛盾的心理挣扎，结尾境界顿开，唱出了高昂乐观的调子，相信自己的理想抱负总有实现的一天。诗歌通过这样层层叠叠的感情起伏变化，反映了政治现实给诗人内心带来的强烈苦闷、愤郁和不平，同时又突出表现了诗人的倔强、自信和对理想的执着追求，展示了力图从苦闷中挣脱出来的强大精神力量。

金樽清酒斗十千②，玉盘珍羞直万钱③。
停杯投箸不能食④，拔剑四顾心茫然⑤。
欲渡黄河冰塞川，将登太行雪满山⑥。
闲来垂钓碧溪上⑦，忽复乘舟梦日边⑧。
行路难，行路难，多岐路⑨，今安在。

长风破浪会有时⑩，直挂云帆济沧海⑪。

注释：

①《行路难》：乐府旧题，内容多写人生道路的艰难和离别的愁苦。 ②樽：古代盛酒的器具。斗：有柄的盛酒器。斗十千：一斗酒价值十千钱。 ③珍羞：羞，通"馐"，珍贵的菜肴。直：通"值"，价值。 ④箸：筷子。 ⑤四顾：四面张望。茫然：渺茫无所适从的样子。 ⑥太行：太行山。 ⑦垂钓碧溪：《史记·齐太公世家》中载：吕尚老年时垂钓在渭水边上，后来遇到文王得到重用。 ⑧乘舟梦日边：传说伊尹在受到商汤征用前曾梦见自己乘船经过日月边。 ⑨多岐路：有许多的岔路。 ⑩长风破浪：喻远大的抱负得以施展。《宋书·宗悫传》载：宗悫的叔叔问他的志向是什么，他答道："愿乘长风破万里浪。"会有时：总有这样的一天。 ⑪济：渡过。沧海：大海。

月下独酌

【导读】

"酒"与"月"是李白一生中常伴左右的忠实伙伴，他留下了许多关于美酒和明月的兴会淋漓之作，营造出一种既不乏浪漫又带有些许悲凉的艺术境界，而把这种情结发挥到极致的，就是这首《月下独酌》。月下独酌本是无限寂寞的，但诗人却运用丰富的想象为自己找到了伙伴，所谓"举杯邀明月，对影成三人"，把月亮和自己的身影凑成了"三人"，表达了诗人善自排遣寂寞的旷达不羁的个性。从表面上看诗人好像真能自得其乐，可是背后却充满着无限的凄凉。诗人如此孤独，只有天上的明月及自己的影子相伴相随，然而连这种快乐也是暂时的，"醒时同交欢，醉后各分散"，只能相约好在天上仙境再见。奇思妙想的背后，是无法排遣的寂寞与孤独。沈德潜评价曰："脱口而出，纯乎天籁。

此种诗，人不易学。"（《唐诗别裁》）

> 花间一壶酒，独酌无相亲①。
> 举杯邀明月，对影成三人②。
> 月既不解饮③，影徒随我身。
> 暂伴月将影④，行乐须及春。
> 我歌月徘徊，我舞影零乱。
> 醒时同交欢，醉后各分散。
> 永结无情游⑤，相期邈云汉⑥。

注释：

①酌：喝酒。相亲：指相陪伴的人。 ②三人：指月亮、作者和作者的影子。陶渊明《杂诗十二首》其二："欲言无予和，挥杯劝孤影。" ③解：理解，懂得。 ④月将影：月亮与影子。将，和，与。 ⑤无情游：指超乎尘世俗情的交游。无情，即忘情。 ⑥相期：约会日期。邈：遥远。云汉：银河，指天上的仙境。

杜甫

杜甫（712—770），字子美，祖籍襄阳（今湖北襄樊），出生于今河南巩义。青年时代有十年的漫游时期，足迹遍布吴越、齐赵、梁宋等地，结交李白、高适等诗人。唐玄宗天宝六载，赴长安应考不第，经历了长安困居的十年。安史之乱中被叛军所俘，后脱逃。赴武陵投奔唐肃宗，任左拾遗，不久遭贬谪。四十八岁后一直漂泊西南，770 年病死于湖南漂泊途中。

杜甫是唐代最伟大的诗人之一，他的诗歌深刻广泛地反映了唐代社会由盛转衰的历史过程，有"诗史"之称；他具有高尚的人格和精湛的诗艺，被后人奉为"诗圣"。他的诗歌风格以现实主义为主，思想博大精深，艺术手法完美纯熟。诗歌众体皆工，特别是五七言律诗，不仅开拓了内容题材的范围，在声律、对仗、炼字炼句等方面都有创造性地发展，使这一体裁达到完全成熟的阶段。

登高

【导读】

《登高》是杜甫唐代宗大历二年（767）秋在夔州时所写。全诗通过描绘登高所见的秋江景色，倾诉了诗人长年漂泊、老病孤愁的复杂感情，慷慨激越，动人心弦。杨伦称赞此诗为"杜集七言律诗第一"（《杜诗镜铨》）。诗前半写景，后半抒情，在写法上各有错综之妙。首联着重刻画眼前具体景物，次联着重渲染整个秋天气氛，三联感慨个人遭际，四联归结到时世艰难，作者忧国伤时的情操跃然纸上。此诗八句皆对，却自然流畅，毫无雕琢之感，仔细玩味，"一篇之中，句句皆律，一句之中，字字皆律"，"皆古今人必不敢道、决不能道者"（胡应麟《诗薮》），充分体现了作者高超的语言技巧。

> 风急天高猿啸哀①，渚清沙白鸟飞回②。
> 无边落木萧萧下③，不尽长江滚滚来。
> 万里悲秋常作客④，百年多病独登台⑤。
> 艰难苦恨繁霜鬓⑥，潦倒新停浊酒杯⑦。

注释：

①猿啸哀：指猿声哀鸣。 ②渚：江中的沙洲。回：鸟受风力而打旋的样子。 ③落木：落叶。萧萧：风吹树叶的声音。 ④悲秋：秋色使人伤悲。语出宋玉《九辩》。 ⑤百年：指一生。 ⑥繁霜鬓：指白发越来越多。 ⑦潦倒：指人生失意。

【延伸阅读】

沉郁顿挫

"沉郁顿挫"出自杜甫早年写的《进雕赋表》:"臣之述作虽不能鼓吹六经,先鸣数子。至于沉郁顿挫,随时敏捷,扬雄、枚皋之徒,庶可企及也。"这里并不专指诗,但后人却认为这四字为杜诗风格最确切的评语。

沉郁顿挫,沉郁指文思深沉蕴藉,顿挫指声调抑扬有致。既指诗之内容反映了深广的时代精神,寄托深远,感兴幽微;又指诗之章法富于曲折变化,音律上抑扬有致。大致概括来说有三个特点:一是内容上反映国家命运、民生疾苦,善用比兴手法,饱含深沉甚至悲愤感情。二是布局上波澜起伏,跌宕有致;手法上含蓄、深沉,显得委婉深厚;音律上抑扬顿挫、铿锵有力。三是格调慷慨俊逸,深沉而不凄凉,抑郁而不颓丧,悲中有壮,壮而又沉,形成一种独特的悲壮美。杜诗中的《秋兴八首》《诸将五首》《咏怀古迹五道》《登楼》《登高》等,均为具有这种风格之名篇。

旅夜书怀

【导读】

此诗写于作者漂泊途中,通过描写旅夜泊船所见景象的描写,抒发了作者身世不遇、孤独凄凉的感情。这首诗的结构清晰而绵密,"前半旅夜之景,后半书怀。然'独夜舟'三字,直贯后半;'一沙鸥'三字,暗抱前半"(吴瞻泰《杜诗提要》卷九)。诗的颔联"星垂平野阔,月涌大江流",写月夜泊舟所见的远景,虽是大笔勾勒却真切细腻,创造出一种阔大雄浑但又寂寞空旷的境界,反衬诗人的孤独凄凉的心境,景中见情,景与情融。尾联"飘飘何所似,天地一沙鸥",运用形象的比喻收结全篇，诗人以天地间一只形单影孤的沙鸥寄托自己功业未成的慨叹，情景交融，含蓄不露，有一种强烈的感染力量。

细草微风岸，危樯独夜舟①。
星垂平野阔，月涌大江流②。
名岂文章著③，官因老病休④。
飘飘何所似，天地一沙鸥。

注释：

①危樯：高高的船桅杆。 ②"星垂"二句：句意为大江两岸平原辽阔，繁星挂于天幕，舟前大江流动，水上月光跳动。 ③名岂文章著：意为名声不应因文章而立，而应建功立业昭著名声。 ④老病休：年老多病而应休息。

江村

【导读】

这首诗写于唐肃宗上元元年（760）夏天，诗人结束了四年的流亡生活，靠亲友故旧的资助，在成都的浣花溪畔建起几间草房，暂时安居下来。作者以清淳质朴的笔调，质朴无华的语言，点染出浣花溪畔幽美宁静的自然风光和村居生活清悠闲适的情趣，将夏日江村最寻常而又最富于特色的景象，描绘得真切生动、自然可爱，颇具田园诗萧散恬淡、幽雅浑朴的风韵。这是杜甫诗中难得多见的轻松愉快之作。清代黄生《杜诗说》谓之"杜律不难于老健，而难于轻松。此诗见潇洒流逸之致"。宋代蔡梦弼集录的《杜工部草堂诗话》评价说："其所以大过人者无他，只是平易。虽曰似俗，其实眼前事尔。"

清江一曲抱村流①，长夏江村事事幽②。

自去自来堂上燕，相亲相近水中鸥。

老妻画纸为棋局③，稚子敲针作钓钩。

多病所须唯药物，微躯此外更何求。

注释：

①清江：即浣花溪。 ②幽：幽静，悠闲。 ③棋局：棋盘。

韦应物

韦应物（737—约790），长安（今陕西西安）人。出身名门，十五岁起以三卫郎为唐玄宗近侍，出入宫闱，扈从游幸，任侠负气。安史之乱起，玄宗奔蜀，流落失职，始立志读书。于唐代宗广德元年出任洛阳丞，后历任比部员外郎、滁州刺史、江州刺史、左司郎中和苏州刺史等地方官职，世称韦江州、韦左司或韦苏州。有《韦苏州集》十卷。

寄全椒山中道士①

【导读】

最能代表韦应物创作特色的是山水田园诗，其中尤以五言古诗成就最高，《四库全书总目提要》称其"五言古诗源出于陶，而熔化于三谢，故真而不朴，华而不绮"。由于时代变迁对诗人生活与思想的影响，韦应物有意效仿陶渊明的平和冲淡，与王、孟的山水田园诗相比，它的作品风格更为高古清冷，有一种萧散孤清的意境，白居易评价其五言诗"高雅闲淡，自成一家之体"（《与元九书》）。

韦应物的山水诗名句是"春潮带雨晚来急，野渡无人舟自横"，创造出一种清冷萧索的无人之境，这种意境在《寄全椒山中道士》诗中也有所体现。这首诗写自己与山中道士的友情，作者在风雨之夜想持酒去探望山中的道士，又恐不能相遇，所以只能以诗寄意。全诗由"冷"字引起，由"念"字生发，寥寥几笔就勾勒出道士独居山间幽僻冷落的生活，表达出作者的惦念之情。结尾以问句烘托出一种缥缈冷寂的气氛，诗境明净高洁而又意味深长，在萧疏中见出空阔，在平淡中见出深挚。

> 今朝郡斋冷②，忽念山中客③。
> 涧底束荆薪，归来煮白石④。
> 欲持一瓢酒⑤，远慰风雨夕⑥。
> 落叶满空山，何处寻行迹？

注释：

　①全椒：今安徽全椒，唐属滁州。　②郡斋：指滁州刺史衙署的斋舍。　③山中客：指道士。　④"涧底"二句：写诗人想象当中山中道士隔绝人世的幽独清苦生活。荆薪：柴草。煮白石:《神仙传》云："白石先生者，中黄丈人弟子也，尝煮白石为粮，因就白石山居，时人故号曰白石先生。"　⑤瓢：将干瓠（hù）剖而为二，刳空，叫作瓢，用来做盛酒浆的器具。　⑥风雨夕：风雨之夜。

【延伸阅读】

妙画尽诗意

　　中国画是一种独具美学特征的重要艺术形式，在中国光辉灿烂的绘画史上，优秀的画家们大胆驰骋想象，富有创意地加以构思和创作，使作品形神兼备、气韵流动，被誉为"无声的诗"。

　　在宋代画院考试中，产生过很多以前人诗歌名句为画题的优秀作品，至今为人所津津乐道、其中最有名的一个例子要数"野渡无人舟自横"。面对这个画题，画家们有的是画一叶孤舟系在岸边，或者是画一只鹭鸶栖息在船舷或篷顶上，而入选的佳作却是独具匠心地画了个船夫卧在船尾吹笛，这一构思的确高人一筹。因为只画无人的小舟或者水鸟站立于舟上，最多只能说明"无人"，并不能说明是在"渡口"。既然是在"野渡"，撑船者还是不能忽视的。这幅画表现的是船夫因为无人渡河，实在难熬寂寞而只得吹笛自娱，打发光阴，这样以"有"衬"无"，诗句的内容就巧妙传达出来了，既生动形象，又含蓄蕴藉，引人遐想。

在现代画坛上，也有以妙画传达诗意的佳话。著名作家老舍拜访九十二岁高龄的国画大师齐白石时，出了个"蛙声十里出山泉"的题目，请白石老人作画一幅。"蛙声十里"是听觉形象，要用属于视觉艺术的绘画来表现，并不是一件容易的事。齐白石经过一番苦思后，终于完成了这幅画。老舍展开画卷一看，不禁拍手叫绝。原来画面上没有一只鼓腮鸣叫的青蛙，只画了乱石间泻出的一股急流，有几只蝌蚪浮水而戏，高处则画几笔远山。这样虽然在画面上看不到一只青蛙，却使人仿佛听到了远处群蛙争鸣，真可谓意韵无穷，耐人寻味。

韩愈

韩愈（768—824），字退之，河南河阳（今河南孟州）人。自言郡望昌黎，故世称韩昌黎。晚年任吏部侍郎，又称韩吏部。他三岁而孤，受兄嫂抚育，早年流离困顿，有读书经世之志。贞元八年（792）登进士第，曾历任监察御史、国子博士、国子监祭酒、吏部侍郎、京兆尹等职。有《昌黎先生集》四十卷。

山石

【导读】

韩愈与柳宗元一起倡导了中唐的古文运动，提出了"气盛言宜""不平则鸣""词必己出"等明确系统的文学主张，开辟了古文发展的新道路。杜牧把韩文与杜诗并称为"杜诗韩笔",苏轼称他"文起八代之衰"。他的诗歌独辟蹊径,表现了奇崛和散文化的倾向。他提倡"以文为诗",把新的古文语言、章法、技巧引入诗坛,纠正了大历以来的平庸诗风,增强了诗歌的表达功能;但也带来了讲才学、发议论、追求险怪等不良风气。

《山石》这首诗颇能代表韩愈"以文为诗"的特色。诗歌一反常规,不使用丰富的修辞和跳跃的章法,而是采用"赋"的手法,平实地记叙事情的过程,并且采用散文化的语汇、句法和章法。虽然从时间顺序和空间移动来看,都好似漫不经心,但仔细琢磨却发现诗人构思精密,处处有所照应。全诗层次井然,摹写逼真,情景如在目前。清何焯评价说:"《山石》直书即目,无意求工而文自至,一变谢家模范之迹,如画家之有荆关也。"(《义门读书记》卷三十)

山石荦确行径微①,黄昏到寺蝙蝠飞。
升堂坐阶新雨足,芭蕉叶大支子肥②。
僧言古壁佛画好,以火来照所见稀③。
铺床拂席置羹饭,疏粝亦足饱我饥④。
夜深静卧百虫绝,清月出岭光入扉。
天明独去无道路⑤,出入高下穷烟霏⑥。
山红涧碧纷烂漫⑦,时见松枥皆十围⑧。
当流赤足蹋涧石⑨,水声激激风吹衣。
人生如此自可乐,岂必局束为人靰⑩。
嗟哉吾党二三子⑪,安得至老不更归。

注释:

①荦确:山石险峻不平的样子。行径微:山路狭窄。 ②支子:即栀子,茜草科常绿灌木,夏日开白花,味香。 ③稀:稀少。 ④疏粝:

指简单的饭菜。粝，糙米。 ⑤无道路：烟雾缭绕，辨不清道路。 ⑥烟霏：浮动的烟雾。 ⑦山红：满山的红花。纷烂漫：指繁密茂盛而艳丽夺目。 ⑧枥：同"栎"，落叶乔木，花黄褐色，木质坚硬。十围：指树干粗大。 ⑨蹋涧石：踏在涧水中的石头上。蹋，同"踏"。 ⑩羁（jī）：缰绳，受控制。 ⑪吾党二三子：指自己和自己的几个好朋友。

柳宗元

柳宗元（773—819），字子厚，河东（今山西永济）人，世称柳河东。唐德宗贞元九年（793）进士，曾历任秘书省校书郎、集贤殿正字、蓝田尉监察御史等职。曾积极参加永贞革新，革新失败后被贬官永州司马，后改任柳州刺史，卒于任所。有《柳河东集》。

登柳州城楼寄漳、汀、封、连四州

【导读】

柳宗元的多数诗歌都作于被贬谪之后，着重吟叹自己不幸的政治遭遇，抒写抑郁悲愤的贬谪之感和思乡之情，风格幽峭峻郁，自成一路。《登柳州城楼寄漳、汀、封、连四州》这首诗，是柳宗元初任柳州刺史时所作，诗歌托景抒怀，通过登柳州城楼所见景物的描写，曲折地谴责了当时朝廷保守势力对革新人士的打击和迫害，委婉地表达了诗人的悲愤心情和对同贬战友们的深切怀念。全诗构思精密深邃，情调却比较低沉哀婉，反映了作者当时痛苦的心情。柳宗元年命不永，的确与其倔强孤傲的性格有关。

城上高楼接大荒①，海天愁思正茫茫。
惊风乱飐芙蓉水②，密雨斜侵薜荔墙③。
岭树重遮千里目④，江流曲似九回肠⑤。

共来百越文身地⑥，犹自音书滞一乡⑦。

注释：

　　①接：连接。一说为看到、目接。大荒：泛指荒僻的边远地区。　②惊风：骤然刮起的强风。飐：吹动。　③薜荔：一种蔓生香草。　④重遮：层层遮掩。千里目：指远望的视线。　⑤江：指柳江。发源于贵州榕江，东南流经广西，入红水江。九回肠：指纠结的愁思。　⑥百越：即百粤，泛指南方少数民族。文身：在身上刺上花纹，少数民族的一种习俗。　⑦滞：滞留。

刘禹锡

　　刘禹锡（772—842），字梦得，洛阳（今河南洛阳）人。唐德宗贞元九年（793）进士，又中博学宏词科，官监察御史。因参与永贞革新而遭贬，在朗州、连州、夔州、和州等偏远地区度过了二十多年的贬谪生涯。大和二年（828）回朝，开成元年（836）改任太子宾客，分司东都，后加检校礼部尚书衔，世称刘宾客、刘尚书。有《刘梦得文集》。

酬乐天扬州初逢席上见赠

【导读】

　　刘禹锡一生的经历颇为坎坷，他的诗歌内容比较广泛，以政治讽刺诗、怀古诗和民歌体小诗著称。诗歌总体而言充满了豪迈磊落之气，被称为"诗豪"。《酬乐天扬州初逢席上见赠》这首诗，作于唐敬宗宝历二年（826）作者从贬所返京途中，是与白居易的唱和之作。在"巴山楚水凄凉地"经历了二十多年的贬谪生涯，此次重返京城，作者复杂的心情可想而知。"沉舟侧畔千帆过，病树前头万木春"一联，表现了对世事人情的了悟，也包含有一种自嘲的情绪，但总体来说，作者的情绪还是比较平稳和积极的。

刘禹锡与柳宗元同时参加永贞革新，同时遭贬，可谓同病相怜，但其最终的结局却不同——刘最终等到了重返朝廷的一天，柳却英年早逝于贬所。究其原因，与二人的性格不同有关。刘禹锡性格当中豪迈豁达、坚毅不拔的因素成为他的精神支柱，支持着他度过了贬谪的漫漫岁月。

> 巴山楚水凄凉地①，二十三年弃置身②。
> 怀旧空吟闻笛赋③，到乡翻似烂柯人④。
> 沉舟侧畔千帆过，病树前头万木春⑤。
> 今日听君歌一曲，暂凭杯酒长精神⑥。

注释：

①巴山楚水：泛指诗人贬谪生活中经历过的地方。 ②二十三年：指诗人贬谪的时间。 ③闻笛赋：西晋向秀于友人嵇康、吕安被害后，一次经过他们的旧居，闻到乡人笛声悲凄，乃作《思旧赋》。诗中抒发作者对死去友人的怀念。 ④"到乡"句：《述异记》载，晋人王质入山砍柴，见二童子下棋，他在旁边观至棋终，发觉手中的斧柄已烂。回到家中，才知已过百年，同辈人都已经死去。诗中作者以王质自比，虽然离京二十几年，但人事沧桑，有隔世之感。 ⑤"沉舟"二句：诗人以"沉舟""病树"自喻，慨叹宦海沉浮、风波险恶、人的身世遭遇各不相同。 ⑥长：振作。

【延伸阅读】

前度刘郎

唐朝永贞年间，王叔文、柳宗元、刘禹锡等人发起了一场革新运

世味年来薄似纱谁令
骑马客京华小楼一夜听
春雨深巷明朝卖杏花

康震

动，史称"永贞革新"。短暂的革新运动失败之后，刘禹锡被贬为郎州（今湖南常德）司马，在偏远的地区度过了十年艰苦的贬谪生活。十年后，他被朝廷"以恩召还"，回到长安。这年春天，他去京郊玄都观赏桃花，写下了一首《元和十年自朗州承召至京戏赠看花诸君子》："紫陌红尘拂面来，无人不道看花回。玄都观里桃千树，尽是刘郎去后栽！"这首诗表面上是描写人们去玄都观看桃花的情景，骨子里却是讽刺当时权贵的。千树桃花也就是十年以来由于投机取巧而在政治上愈来愈得意的新贵，而看花的人则是那些趋炎附势、攀高结贵之徒。他这种轻蔑和讽刺是十分辛辣的，使他的政敌感到非常难受。于是他因"语涉讥刺"而再度遭贬，一去就又是十几年。

再次回到京城，刘禹锡再游玄都观，又写下了一首《再游玄都观》："百亩庭中半是苔，桃花净尽菜花开。种桃道士归何处？前度刘郎今又来。"诗中写了玄都观中桃花的盛衰存亡，突出了一片繁盛以后的荒凉景色，与前首之"玄都观里桃千树""无人不道看花回"形成强烈的对照。这首诗前面的序文说得很清楚，诗人因写了看花诗讽刺权贵，再度被贬，一直过了十几年才又被召回长安任职。在这些年中，皇帝由宪宗、穆宗、敬宗而文宗，换了四个，人事变迁很大，但政治斗争仍在继续。作者写这首诗，是有意重提旧事，向打击他的权贵挑战，表示绝不因为屡遭报复就屈服妥协，痛快淋漓地抒发了自己不怕打击、坚持斗争的倔强意志。

白居易

白居易（772—846），字乐天，祖籍太原（今山西太原），生于河南新郑（今河南新郑）。贞元十六年（800）进士，历任校书郎、周至县尉、翰林学士、左拾遗、左赞善大夫，因上书言事，贬官江州司马，从此历任地方刺史，晚年以太子宾客和太子少傅的身份分司东都，官终刑部尚书。世称白香山。有《白氏长庆集》七十一卷。

上阳白发人①

【导读】

白居易倡导了中唐的新乐府运动，他明确主张"文章合为时而著，歌诗合为事而作"，强调诗歌的"美刺"传统，创作了大量的政治讽喻诗，代表是《秦中吟》和《新乐府》组诗。这些诗主旨明确，语言通俗，深刻揭露了社会中的丑恶现象，具有很强的现实意义。

《上阳白发人》是一首描写宫女不幸生活的作品。诗题下有小序云："愍怨旷也"，表明了作者的态度和倾向性。古代描写宫怨的诗歌不少，但这种以长篇形式细致描写宫女生活状况的作品并不多见。诗人采用叙事的形式，将白发宫女从十六岁被选入宫到如今六十岁之间的生活状况娓娓道来，并且突出了"离别亲人""独守空房"这几个富有典型性的场景，来表现其被迫入宫的无奈和宫中生活的寂寞难捱。诗中有多处细节描写，比如用"唯向深宫望明月，东西四五百回圆"来表现宫女日复一日单调重复的生活，用"外人不见见应笑，天宝末年时世妆"来表现宫女与世隔绝的生活状态……无不细致感人，将强烈的感情倾向隐藏于其中，引发人们对白发宫女的无限同情。

上阳人，红颜暗老白发新。
绿衣监使守宫门②，一闭上阳多少春！
玄宗末岁初选入，入时十六今六十③。
同时采择百余人，零落年深残此身④。
忆昔吞悲别亲族，扶入车中不教哭。
皆云入内便承恩⑤，脸似芙蓉胸似玉。
未容君王得见面，已被杨妃遥侧目⑥。
妒令潜配上阳宫⑦，一生遂向空房宿。
秋夜长，夜长无寐天不明。

耿耿残灯背壁影⑧，萧萧暗雨打窗声⑨。
春日迟，日迟独坐天难暮⑩。
宫莺百啭愁厌闻⑪，梁燕双栖老休妒⑫。
莺归燕去长悄然⑬，春往秋来不记年。
唯向深宫望明月，东西四五百回圆⑭。
今日宫中年最老，大家遥赐尚书号⑮。
小头鞋履窄衣裳，青黛点眉眉细长⑯。
外人不见见应笑，天宝末年时世妆⑰。
上阳人，苦最多。少亦苦，老亦苦，少苦老苦两如何？
君不见昔时吕向《美人赋》⑱，又不见今日上阳《白发歌》⑲。

注释：

①上阳：宫名，在唐时东都洛阳西南。玄宗时，失宠宫人常关闭在这里。　②绿衣监使：唐代管理宫苑事务的宦官，为从六品下或从七品下。按唐制，六、七品官穿绿色或浅绿色公服。　③今：现在，指贞元中。　④零落：凋谢，这里喻死亡。残：剩余，留下。　⑤内：大内，皇宫。承恩：得到皇帝的宠幸。　⑥杨妃：即杨贵妃玉环。侧目：斜着眼看，形容忌恨的神情。　⑦潜配：瞒着皇帝暗中发配。　⑧耿耿：微明的样子。　⑨萧萧：雨声。　⑩迟：迟缓，指春日渐长。　⑪啭：鸟啼。　⑫休：停止。这句是说因为自己老了，看到梁燕双栖的美好生活，已经不再妒忌。　⑬悄然：孤寂忧愁的样子。　⑭“唯向”二句：说看到月亮东升西没，圆而复缺，已经四五百次，形容过去了几十年的时间。　⑮大家：古代宫中侍从对帝、后的称呼，此处指德宗。尚书：指女尚书，宫中女官的名称。　⑯青黛：青黑色的石粉，古代妇女用以画眉。　⑰时世妆：流行的妆扮。　⑱作者自注说：天宝末年，皇帝派人秘选美女，号称花鸟使，吕向献《美人赋》以讽谏之。吕向，字子回，开元十年（722）

召入翰林，兼集贤院校理。献《美人赋》当在开元时，白居易可能误记。　⑲《白发歌》：即指本篇。

元稹

元稹（779—831），字微之，洛阳（今河南洛阳）人。贞元九年（793）进士及第，除左拾遗。后与宦官勾结，官至宰相。他与白居易共同倡导新乐府运动，也多有闲适唱和之作，后人并称其为"元白"。

行宫①

【背景提示】

元稹诗歌创作的总体成就不如白居易，但也有一些作品写得很好，《行宫》就是一首精警峭拔的小诗。首句点明地点，二句暗示时间，三句介绍人物，四句描绘动作，仅用了寥寥四句二十个字，却构筑了一幅完整动人的图画。这些白头宫女们当年均是花容月貌，辗转进入宫中；如今青春消逝、红颜憔悴，唯有闲坐谈论往事来消磨时光。此情此景，好不凄绝！这首诗平实却很有概括力，含蓄蕴藉，历史沧桑之感尽在不言之中。

寥落古行宫②，宫花寂寞红。
白头宫女在，闲坐说玄宗。

注释：

①行宫：皇帝在京城之外的宫殿。　②寥落：寂寞冷落。

李贺

李贺（790—816），字长吉，福昌（今河南宜阳）人。唐宗室郑王李亮之后裔，但家道中落。青少年时才华出众，名动京师。其父名晋肃，因避父讳（晋、进同音）不得应进士第，仅作过奉礼郎的小官。一生穷愁潦倒，体弱多病，年仅二十七岁就病死于昌谷故里，后人称其为鬼才。有《李长吉歌诗》。

金铜仙人辞汉歌

【导读】

李贺在诗歌构思上擅长"探寻前事""求取情状"，也就是从历史传说中的某一点出发，结合生活实际充分展开联想和想象，细腻地描绘出莫须有的情态，巧妙地将现实与虚幻融为一体，营造出绮丽的艺术境界。《金铜仙人辞汉歌》这首诗，取材于魏明帝派人到长安取汉武帝的承露盘铜仙人，铜人临载之前潸然泪下的传说，表达了诗人交织着家国之痛和身世之悲的凝重感情。诗中渲染了"铜人流泪"的情节，设想奇特而又深沉感人，在变幻多姿的鲜明形象之中，隐含着作者的怨愤不平之情。

李贺偏爱冷艳凄迷的虚幻意象，意象之间的跳跃性大，善于运用比兴、象征、暗示的手法，长于对环境气氛的渲染，这些写作特点，使他的诗歌呈现出幽冷浓艳、虚荒诞幻的风格特色，被后人称为"长吉体"。诗论家对其评价褒贬不一，有人赞之为"骚之苗裔"（杜牧《李长吉歌诗序》），"真与供奉（李白）为敌"（王夫之《唐诗评选》），也有人说他"牛鬼蛇神太甚"（张表臣《珊瑚钩诗话》）。

魏明帝青龙元年八月①，诏宫官牵牛车西取汉孝武捧露盘仙人②，欲立置前殿。宫官既拆盘，仙人临载乃潸然泪下③。唐诸王孙李长吉遂作《金铜仙人辞汉歌》④。

茂陵刘郎秋风客⑤，夜闻马嘶晓无迹⑥。
画栏桂树悬秋香，三十六宫土花碧⑦。

魏官牵车指千里⑧，东关酸风射眸子⑨。

空将汉月出宫门⑩，忆君清泪如铅水⑪。

衰兰送客咸阳道⑫，天若有情天亦老⑬。

携盘独出月荒凉，渭城已远波声小⑭。

注释：

①青龙元年：据《魏略》记载，拆移铜人事当在景初元年（237）。青龙，魏明帝曹叡的年号。 ②牵车：引车。 ③潸（shān）然：流泪的样子。 ④唐诸王孙：李贺是唐宗室郑王李亮的后代，故称。 ⑤茂陵：汉武帝的陵墓，在今陕西兴平东北。刘郎：指汉武帝刘彻。秋风客：秋风中的过客。刘彻有《秋风辞》："欢乐极兮哀情多，少壮几时兮奈老何！"故称刘彻为秋风客。 ⑥"夜闻"句：是说夜间还似听到刘彻的马嘶叫声，清早却不见踪迹。 ⑦"画栏"二句：描写汉宫的荒凉景象。画栏：绘有花纹的栏杆。秋香：指桂花的芳香。三十六宫：汉代上林苑有公馆三十六所。土花：指苔藓。 ⑧指千里：指魏官引车向洛阳进发。 ⑨东关：指长安的东门。酸风：刺眼的冷风。眸子：眼中的瞳仁。 ⑩"空将"句：指铜人出宫门时，只有天上的明月陪伴他。 ⑪君：指汉武帝刘彻。铅水：铜人流下的眼泪。 ⑫"衰兰"句：指从长安东去，只有路旁衰败的兰花为铜仙人送行。 ⑬"天若有情"句：指此情此景苍天也要为之感伤而衰老。 ⑭渭城：即咸阳，在今陕西咸阳东北二十里。波声：指渭河河水的声音。

【延伸阅读】

李贺苦吟

李贺是唐代著名诗人，他虽然只活了二十几岁就不幸早逝，但他的生平颇有传奇色彩。据说他常常带着一个小书童，骑着一头又瘦又老的驴子，背着一个破旧的锦囊，整天在外面游荡。碰到有心得感受的时候，就把脑海中闪现出来的诗句写下来投入囊中。等到晚上回来，他的母亲让婢女拿过锦囊取出里面的诗稿，见所写的稿子很多，就说："这个孩子要呕出心才罢休啊！"说完就点灯，送上饭菜给他吃。晚上的时候，李贺就让婢女取出草稿，研好墨，铺好纸，把白天积攒的那些片段的诗句补成完整的诗，再投入其他袋子中保存。只要不是碰上大醉及吊丧的日子，他每天都重复这样的生活，所以人们把他视为一位"苦吟派"诗人。

李贺的身体一直不好，再加上生活很不如意，心情很差，所以不到三十岁就走到了生命的尽头。据说他快要死的时候，忽然在大白天里看见一个穿着红色丝帛衣服的人，驾着红色的虬龙，拿着一块木板，上面写着远古的篆体字或石鼓文，说是来召唤他去一个什么地方。李贺下床来磕头说："我母亲老了，而且生着病，我不愿意去啊。"红衣人笑着说："天帝刚刚建成一座白玉楼，马上召你去为楼写记。天上的生活还算快乐，并不痛苦啊！"过了一会儿，李贺就气绝了。在他平时所住房屋的窗子里，人们看到有烟气袅袅地向上空升腾，还听到行车的声音和微微的奏乐声，这应该就是李贺应招去了天宫吧！

杜牧

杜牧（803—852），字牧之，号樊川，京兆万年（今陕西西安）人。唐文宗大和二年（828）进士，曾任弘文馆校书郎、左补阙，历任地方刺史，官终中书舍人。杜牧的文学创作有多方面的成就，诗、赋、古文都足以名家。有《樊川文集》。

杜牧是晚唐的杰出诗人，与李商隐并称"小李杜"。他的古体诗受杜甫、韩愈的影响，题材广阔，笔力峭健；近体诗则以文辞清丽、情韵跌宕见长。晚唐诗歌注重辞采的总体趋向和他个人"雄姿英发"的特色相结合，使他的诗歌风华流美而又神韵疏朗，气势豪宕而又精致婉约，在晚唐诗坛上独具一格。

题宣州开元寺水阁阁下宛溪夹溪居人①

【导读】

杜牧的怀古咏史诗最为人所称道，这些诗篇往往通过对历史遗迹景色的描写，抒发对于历史兴亡的感慨。宣州在六朝时为京都近辅之地，风景宜人，人文荟萃，留有谢朓、李白等名家的胜迹佳篇。但杜牧来游之时已今非昔比，因此他面对宣州秋景，驰想古今，满怀惆怅。诗中多采用"天淡人闲""鸟去鸟来""人歌人哭""参差烟树"等杳远流动的意象，突出了亘古不变的山光物态与纷争扰攘的人世悲欢之间的强烈对比，寓含着启人深省的历史哲思。特别是"深秋帘幕千家雨，落日楼台一笛风"一联，一写所见之景物，一写所闻之声音。而"千"与"一"对，以多与少相映成趣；"雨"与"风"对，看似平淡无奇却工整贴切，成为传诵千古的名句。

六朝文物草连空②，天淡云闲今古同。
鸟去鸟来山色里，人歌人哭水声中③。
深秋帘幕千家雨，落日楼台一笛风。
惆怅无因见范蠡④，参差烟树五湖东⑤。

注释：

①宣州：即今安徽宣城。开元寺：在宣城北陵阳三峰上。宛溪：水名，在宣城东门外，绕城而流。杜牧曾任宣州团练判官，这首诗当作于此时。 ②六朝：指吴、东晋、宋、齐、梁、陈六个朝代，因其都在建康定都，故合称六朝。文物：指典章制度和文化成就。 ③人歌人哭：

《礼记·檀弓下》载，"晋献文子成室，晋大夫发焉。张老曰：'美哉轮焉！美哉奂焉！歌于斯，哭于斯，聚国族于斯。'"　④范蠡：春秋时越国大夫，辅助越王勾践灭掉吴国，之后退隐。　⑤五湖：太湖的别称。

李商隐

李商隐（813—858），字义山，号玉溪生，又号樊南生，怀州河内（今河南沁阳）人。唐文宗开成二年（837）进士，受牛李党争影响，终生遭到排挤，沉郁下僚。曾任秘书省校书郎、弘农县尉，在多处地方节度使幕府充做幕僚。他是晚唐时代重要的诗人，与杜牧并称"小李杜"。有《李义山诗集》。

李商隐的诗歌内容丰富，有讽喻时政的政治诗、借古讽今的咏史诗、缠绵深挚的爱情诗等，各有佳作，其中无不寄寓着人生的感慨与失意的心情。他的诗歌用典繁复深僻，语言华美精工，韵调流畅和谐，具有凄艳浑融的艺术风貌。

锦瑟

【导读】

李商隐诗歌创作中成就最高的是以近体律绝（主要是七律、七绝）写成的抒情诗，叶燮在《原诗》中曾评价其诗歌"寄托深而措辞婉，实可空百代无其匹也"。这些诗歌看似是抒写复杂矛盾的爱情心理，但由于典故的密集和意象的跳跃，使其主旨具有多义性，内涵历来有不同的解释。这些诗歌朦胧含蓄，细美幽约，具有鲜明而独特的艺术风格。如《锦瑟》这首诗，通篇由一个个美丽而凄迷的意象构成，这些意象彼此之间并无明显的联系，却共同营造出一种恍惚迷离的气氛，交织着诗人内心怅惘、感伤、向往与失望的种种情绪。人们只能被其意境所打动，却无法确切了解释诗歌的具体含义，这正是李商隐此类诗歌的艺术魅力所在。

锦瑟无端五十弦①，一弦一柱思华年②。
庄生晓梦迷蝴蝶③，望帝春心托杜鹃④。
沧海月明珠有泪⑤，蓝田日暖玉生烟⑥。
此情可待成追忆⑦，只是当时已惘然⑧。

注释：

①无端：无缘无故，没有由来。五十弦：传说古瑟本来五十弦，后来改为二十五弦。见《史记·封禅书》。 ②华年：风华正茂的青年时代。 ③"庄生"句：意为浮生若梦，变幻难测。《庄子·齐物论》："昔者庄周梦为蝴蝶，栩栩然蝴蝶也。……俄然觉，则遽遽然周也？不知周之梦为蝴蝶与，蝴蝶之梦为周与？" ④"望帝"句：意为托文字以抒写内心中的哀怨。望帝，古蜀国国君，名杜宇，号望帝，禅位给开明，隐于西山。传说他死后化为杜鹃鸟，啼声悲切哀怨。 ⑤沧海：大海。月明珠有泪：《大戴礼记》中有月满珠圆、月缺珠亏的说法。张华《博物志》载："南海外有鲛人，水居如鱼，不废织绩，其眼能泣珠。" ⑥蓝田：指蓝田山，出产美玉，在今陕西蓝田。日暖玉生烟：指在阳光照耀下，玉沉埋地底也能烟云升腾。 ⑦此情：指上述的失意之情。可待：岂待，哪能待到如今。 ⑧当时：指上述感情产生的时候。惘然：迷茫的样子。

【延伸阅读】

李商隐的爱情之谜

李商隐的爱情生活之所以被许多研究者关注，部分原因在于他的那些以《无题》为代表的诗歌中，表现出一种扑朔迷离而又精致婉转的感情，容易被人视为丰富的爱情体验的表达。下面这些女子被认为是与李商隐有过感情纠葛的：

一、柳枝。柳枝的名字出现在李商隐写于开成元年（836）的组诗《柳枝五首》中，他还为这组诗写了一个长长的序言，讲述了柳枝的故事：她是一个洛阳富商的女儿，在一个偶然的机会听到李商隐的《燕台》诗，心生爱慕，于是主动与他约会，但李商隐却因故失约了，两人再也没有见过面。他后来得知，柳枝已经被一个有权势的人收为姬妾。

二、宋华阳。李商隐在青年时期曾经在玉阳山修习道术，在《月夜重寄宋华阳姊妹》《赠华阳宋真人兼寄清都刘先生》等诗中，李商隐提到了"宋华阳"的名字，因此有人猜想他在这期间与女道士宋华阳发生过恋情。

三、锦瑟。李商隐有一首著名的《锦瑟》诗，刘攽在《中山诗话》中提到，有人猜测"锦瑟"是令狐楚家的一位侍儿，李商隐在令狐家受学期间曾与她恋爱，但终于没有结果。

四、荷花。民间传说他在与王氏结婚前，曾有一小名"荷花"的恋人，两人十分恩爱。在他进京赶考前一月，荷花突然身染重病，李商隐陪伴荷花度过最后的时光。这段悲剧给他造成很大的打击，以后的诗中他常以荷花为题也是对旧情的眷恋。

五、王氏。王氏是李商隐的妻子，他们的感情非常好，在王氏去世后，他写下《房中曲》等悼亡诗篇，情感真挚，语意沉痛。

不过关于李商隐的爱情，猜测的部分远远多于有实际证据的，但这并不妨碍人们对此津津乐道，甚至像阅读侦探小说一样揣摩分析他的诗文，希冀发现切实的凭据。

梅尧臣

梅尧臣（1002—1060），字圣俞，宣城（今属安徽）人。宣城古名宛陵，故世称宛陵先生。少时以门荫入仕，宋仁宗皇祐三年（1051）召试，赐同进士出身，授国子监直讲，官至尚书都官员外郎。梅尧臣专力作诗，"卓然于诸大家未起之先"（元代龚啸语，见《四部丛刊》本《宛陵先生集》附录）。其诗风平淡含蓄，语言朴素自然，但有时流于质朴古硬。

东溪

【导读】

《东溪》这首诗描绘了一幅清淡、不带任何尘世气息的春日景象，表现出作者的闲适情怀。诗歌造语平淡，皆是寻常字、寻常景，但淡而有味。孤立的岛屿、岸边闲眠的野鸭、开花的老树、短短的蒲茸、水中清晰可见的沙石，传达出的是一种潇散、悠闲、清静的意境。特别是"野凫"句，一个"闲"字，活现出环境的幽静，作者自己也仿佛与自然融为了一体，因为要是发现有人或有任何动静，野鸭绝对不会悠闲地在岸边睡眠。这句和下一句"老树着花无丑枝"对仗工整，意新语工，是"当时名句，众所脍炙"（方回《瀛奎律髓》卷三十四）。诗中又故作枯涩、拙直之笔，如"丑"字，这个字很少被用到诗歌中，还有"短短""齐似剪""平平""净于筛""住不得"等，乍一看，让人觉得它们用得实在太"直"，似乎未经过任何的艺术加工，缺乏含蓄、优美的情韵。但回味之下，就会发现，它们都很好地道出了事物最鲜明的特点，让人脑海里马上能清晰地浮现出那幅画面。因为直接，所以很准确、形象。这是梅尧臣刻意追求的一种朴拙、古硬的艺术效果，让整首诗于平淡中颇见老健。

行到东溪看水时①，坐临孤屿发船迟②。
野凫眠岸有闲意③，老树着花无丑枝。
短短蒲茸齐似剪，平平沙石净于筛。
情虽不厌住不得，薄暮归来车马疲。

注释：

①东溪：即今安徽宣城宛溪，源出城东南峰山，至城东北与句溪合，称为"双溪"。 ②孤屿：水中的洲渚。 ③野凫：野鸭。

欧阳修

欧阳修（1007—1072），字永叔，号醉翁，晚年又号六一居士，庐陵（今江西吉安）人。仁宗天圣八年（1030）进士。官至枢密副使，参知政事。卒谥文忠。欧阳修是北宋前期诗文革新运动的领袖，以道德、文章负一代盛名。他提倡简而有法、流畅自然的文风，反对浮靡雕琢和怪僻晦涩。其文章语言明白晓畅，文气纡徐委备，于韩文的雄肆、柳文的峻切之外独立一格。诗歌多平易疏朗，富于情韵。苏轼称他"论大道似韩愈，论事似陆贽，记事似司马迁，诗赋似李白"（《六一居士集序》）。有《欧阳文忠公集》等。

戏答元珍①

【导读】

这首《戏答元珍》作于宋仁宗景祐四年（1037）。前一年，作者因支持范仲淹，写下著名的《与高司谏书》而被贬为峡州夷陵（今湖北宜昌）令，此诗即作于贬谪地。这是欧阳修在政治生涯中遭受的第一次重大的挫折，但他立志"不作戚戚之文"（欧阳修《与尹师鲁第一书》）。这首诗写得工整、自然、流畅，作者自己说："'春风疑不到天涯，二月山城未见花'，若无下句，则上句何堪？既见下句，则上句颇工。"（《峡州诗说》）。诗中看不到明显的哀伤之语，但字里行间流露出落寞情怀，结尾却又自作宽解之语。最后两句颇值得玩味，从语意上说是大起大落，两句之间似是承接，似是转折，似是对比，由此也给读者带来多种不同的感受，从中我们能够体会到，作者的思想情绪十分丰富、复杂。全诗感触很深，但并无太多消沉之意，可以看出，作者在努力用理性来寻求解脱。

> 春风疑不到天涯，二月山城未见花②。
> 残雪压枝犹有橘，冻雷惊笋欲抽芽③。
> 夜闻归雁生乡思，病入新年感物华。
> 曾是洛阳花下客，野芳虽晚不须嗟④。

注释：

①元珍：指丁宝臣，时为峡州（今湖北宜昌西北）军事判官。 ②山城：指夷陵。 ③冻雷：初春时节的雷声。 ④"曾是"二句：欧阳修曾于宋仁宗天圣八年（1030）至景祐元年（1034）任西京（洛阳）留守推官，度过了一段诗酒优游的生活，洛阳以花著称，故云。

唐崇徽公主手痕和韩内翰①

【导读】

"玉颜自古为身累，肉食何人与国谋"两句是这首诗立意之所在，以议论的精辟、新警而历来为人称道。叶梦得说："此自是两段大议论，而抑扬曲折，发见于七字之中，婉丽雄胜，字字不失相对。"（《石林诗话》）这种深刻的识见在诗中并不显突兀，因为它不是孤立于全诗之外，而是与诗中所写的景与情融为一体：故乡的飞鸟和悲凄的笳声，衬托出崇徽公主离家去国的不舍与忧愁；"青冢""翠崖"以及"岩花涧草"，都寄寓着作者深深的感慨。"玉颜"二句的议论，融会于整首诗营造出来的氛围和作者一以贯之的情绪中，自然浑成。所以朱熹评价此诗道："以诗言之，是第一等好诗；以议论言之，第一等议论也。"（《朱子语类》）

故乡飞鸟尚啁啾，何况悲笳出塞愁。
青冢埋魂知不返②，翠崖遗迹为谁留③。
玉颜自古为身累，肉食何人与国谋④。
行路至今空叹息，岩花涧草自春秋。

注释：

①崇徽公主：唐代宗时，唐朝与回鹘和亲，以崇徽公主嫁其可汗。手痕：据说崇徽公主出嫁回鹘时，路经今山西灵台，以手掌托石壁，遂有手痕。 ②青冢：王昭君之墓，据说墓地长年长满青草，故名之"青冢"。此处代指崇徽公主之墓。 ③翠崖遗迹：指崇徽公主手痕。 ④肉食：指享领俸禄的官员。

王安石

王安石（1021—1086），字介甫，号半山，临川（今江西抚州）人。宋仁宗庆历二年（1042）进士。嘉祐三年（1058），上万言书提出变法的主张。神宗熙宁年间，任参知政事、宰相，主持变法，由于保守派纷起反对，成效没有大著。后被迫隐退，闲居江宁（今江苏南京）。封荆国公，世称王荆公。卒谥文。王安石在文学上也卓然成家，其散文辨理深透，风格雄健、峭拔。诗歌亦长于说理，晚年诗作含蓄深沉，情韵深婉，雅丽精绝，被称为"半山体"。有《临川集》。

题西太一宫壁①（其一）

【导读】

《题西太一宫壁》原作二首，此为其一。陈衍《宋诗精华录》卷二评道："绝代销魂，荆公诗当以此二首压卷。"欧阳修、苏轼、黄庭坚均有和韵之作。这首诗用六言写成。六言诗始见于东汉末年孔融、曹丕之作，至宋朝颇为流行。六言诗是比较难作的一种诗体，由于每句六个字，二字音节和三字音节很难在一句中并存，这样推广到整首诗，六言在节奏上要远比七言单调，不像七言那样跌宕多姿，易于施展。但王安石这首六言却作得极妙，首两句对仗精工，尤其是"酣"字，用得十分精彩。酣，组成词语可以是酣畅、酣醉等等，它给人的感觉是浓烈而醇厚、富有底蕴，用在此处，很贴切地形容出了落日与荷花交相辉映的那种色彩与情态。诗歌前三句皆是写景，最后一句抒怀，抒发的是对故乡的眷念之情，"白头"二字蕴涵着人生悲慨。整首诗情韵绵邈，言有尽而意无穷。

柳叶鸣蜩绿暗[②]，荷花落日红酣。
三十六陂春水，白头想见江南[③]。

注释：

　　①西太一官：建于宋神宗天圣年间，故址在今河南开封西八角镇。太一，尊神名。　②蜩：蝉。绿暗：形容树荫浓密。　③三十六陂（bēi）：汴京（今河南开封）的蓄水池，修建于宋神宗元丰二年（1079）。江南扬州附近也有三十六陂，诗中"想见江南"即此处可以想见江南水乡景色之意。陂，池塘。

北陂杏花

【导读】

　　这首诗是王安石晚年退出政治舞台后所作。诗歌以后两句的精彩议论著称：虽然"吹作雪"与"碾成尘"的最终结果都是走向生命的终结，但"吹作雪"所体现出来的生命的绚烂与高洁，却远胜于"碾成尘"的庸碌与卑琐。陈衍《宋诗精华录》卷二说："末二语恰是自己身份。"可

茅檐低小，溪上青青草。醉里吴音相媚好，白发谁家翁媪。

丁酉冬京华 康震

谓一语中的。可以说，这两句诗是王安石的个性、气质以及人生经历的写照。诗中暗含劲倔、悲壮之气，但出之以深婉从容的语调，体现出王安石后期诗风含蓄深沉的特点。

> 一陂春水绕花身，身影妖娆各占春①。
> 纵被东风吹作雪，绝胜南陌碾成尘②。

注释：

①"身影"句：谓岸上的杏花和池中的花影在春光中各有风姿。妖娆，娇媚。 ②绝胜：远胜。陌：田间小路，南北为阡，东西为陌。此指道路。

苏轼

苏轼（1037—1101），字子瞻，号东坡居士，眉山（今四川眉山）人。宋仁宗嘉祐二年（1057）进士。历任杭州通判、翰林学士、中书舍人等职。卒谥文忠。苏轼是继欧阳修之后的文坛领袖，他气度恢宏，思想开阔，学博才高，在诗、文、词、书法、绘画等各个领域都有杰出成就。他的文章汪洋恣肆，气势雄放，语言平易自然，由"韩柳"开创、欧阳修等人继承的"古文运动"，到了苏轼的手中才算真正完成。他的诗风格多样，驰纵自如，机趣盎然，呈现出"清雄绝俗"的独特风貌。有《苏东坡集》《东坡乐府》等。

百步洪①（其一）

【导读】

《百步洪》这首诗由写景记游而生发议论，结构上走的是老路子。但由于苏轼的天才雄放，这首诗在起、承、转、合之间一点不显生硬、呆板，而是曲折有致。写奔水时，作者连用了七个精彩绝伦的比喻，将水流湍急之势形容得惟妙惟肖，真可谓妙喻连珠。接着，作者写百步洪带给自己的感受，并进而过渡到对人生的思考。面对湍急的流水，作者神游千里，联想到了人世的无常和转瞬即逝；接着又反过头来，说当自己体悟了世事的变幻万端，再看百步洪时，竟觉得它是从容、缓和的了，一正一反，于纵横捭阖之间传达出深刻的人生体悟。最后，作者总结出，要顺应自然，不执着于外物，这样不管面对什么样的变化，自己就能始终保持心灵的平静。全诗笔势奔放，思路一转再转，极俯仰生姿之能，作者驰骋纵横的诗思、笔力可见一斑。

长洪斗落生跳波②，轻舟南下如投梭③。
水师绝叫凫雁起④，乱石一线争磋磨。
有如兔走鹰隼落⑤，骏马下注千丈坡⑥。
断弦离柱箭脱手⑦，飞电过隙珠翻荷。
四山眩转风掠耳，但见流沫生千涡⑧。
崄中得乐虽一快⑨，何异水伯夸秋河⑩。
我生乘化日夜逝⑪，坐觉一念逾新罗⑫。
纷纷争夺醉梦里，岂信荆棘埋铜驼⑬。
觉来俯仰失千劫，回视此水殊委蛇⑭。
君看岸边苍石上，古来篙眼如蜂窠。
但应此心无所住⑮，造物虽驶如吾何！
回船上马各归去，多言诮诮师所呵⑯。

注释：

①百步洪：又名徐州洪，在今江苏徐州东南二里，为泗水所经，有激流险滩，凡百余步，故名。元丰元年（1078）秋，苏轼任徐州知州，曾与诗僧参寥一同放舟游于此，写下两首诗，这里所选的是第一首。诗

前有序，从略。 ②斗落：即陡落。 ③投梭：如织布之梭，一闪而过，形容舟行之快。 ④水师：船工。绝叫：狂叫。凫雁：野鸭。 ⑤隼：一种凶猛的鸟，也叫鹘。 ⑥下注：水向下急流。 ⑦柱：此指乐器上调弦用的木把。若旋转过甚，会使弦绷得太紧，以至于突然断裂。 ⑧"四山"二句：谓坐在船上，耳边风声不绝，四面群山一晃而过，只见到飞沫四溅，生出无数的漩涡。眩转，旋转不定。 ⑨崄（xiǎn）：同"险"。 ⑩水伯夸秋河：据《庄子·秋水》篇："秋水时至，百川灌河，泾流之大，两涘渚涯之间不辨牛马。于是焉河伯欣然自喜，以为天下之美为尽在己。顺流而东，至于北海，东面而视，不见水端。"于是才知道自己"见笑于大方之家"。 ⑪乘化：顺应自然变化。日夜逝：语出《论语·子罕》："子在川上曰：逝者如斯夫，不舍昼夜。"指流水。此处以喻万事万物像水一样日夜流逝。 ⑫一念逾新罗：新罗，朝鲜古国名。据《景德传灯录》，有僧问从盛禅师："如何是觌面事？"禅师说："新罗国去也。"谓一念之间已逾新罗国。一念，极言时间之短。《僧祇律》曰："一刹那者为一念，二十念为一瞬，二十瞬为一弹指，二十弹指为一罗预，二十罗预为一须臾，一日一夜有三十须臾。" ⑬荆棘埋铜驼：《晋书·索靖传》载："（靖）知天下将乱，指洛阳宫门铜驼，叹曰：'会见汝在荆棘中耳。'"此处作者用以说明人世的变化，比百步洪的流水还要迅疾。 ⑭"觉来"二句：谓感悟了世事的变幻万端，再看百步洪，竟觉得它从容而缓和。劫，佛经称世界从生成到毁灭的过程为一劫。委蛇，从容的样子。 ⑮无所住：意思是不让心识停留在特定的对象上。语出《金刚经》："应无所住，而生其心。" ⑯"多言"句：谓真正的体悟不需要表现为过多的言辞，一味喋喋不休，反而落入"语言障"，故应赶紧打住，以免禅师责怪。诧诧（náo），争辩声，喧噪声。师，指参寥。呵，责怪。

和子由渑池怀旧①

【导读】

这是一首著名的"理趣诗",作于宋仁宗嘉祐六年（1061）作者赴任凤翔府（今陕西凤翔）途中。宋仁宗嘉祐元年（1056），作者与其父苏洵、弟苏辙在赴京途中曾借宿于渑池寺庙中，此为重过旧地时的感怀之作。

苏轼非常善于在极平常的生活现象和自然景物中发现妙理新意，并将之上升为深刻、睿智的人生哲思，这首诗即是如此。诗中，人生的感受转化成了理性的反思，作者将人事无常、相遇偶然、陈迹易泯等人生哲理，通过"飞鸿""雪泥"的比喻表现出来，贴切而精警。这个比喻是苏轼的独创，"雪泥鸿爪"的成语即由此而来。

> 人生到处知何似，应似飞鸿踏雪泥。
> 泥上偶然留指爪，鸿飞那复计东西②。
> 老僧已死成新塔，坏壁无由见旧题③。
> 往日崎岖还记否，路长人困蹇驴嘶④。

注释：

①和（hè）：依照所和之作的韵脚作诗词。子由：苏轼胞弟苏辙的字。渑（miǎn）池：今河南渑池西。 ②"人生"四句：以鸿雁偶然所至，在雪泥上留下爪痕后不知去向，比喻人生的飘忽无常。 ③"老僧"二句：写旧日人事皆非的景象。老僧，指僧人奉闲，嘉祐元年（1056）时为寺庙主持，与作者相识。塔，僧人死后火化，骨灰藏于小塔中。旧题，旧时题诗。嘉祐元年，作者与其弟曾题诗于壁上。 ④蹇（jiǎn）：跛足。嘶：鸣叫。

黄庭坚

黄庭坚（1045—1105），字鲁直，号山谷道人，又号涪翁，洪州分宁（今江西修水）人。宋英宗治平四年（1067）进士，历任国子监教授、校书郎、秘书丞兼国史编修官等职。黄庭坚与苏轼并称"苏黄"，是江西诗派的宗师，对宋诗的影响极大。为诗取法杜甫，讲求"无一字无来历"，善于化用前人诗句，翻奇出新。诗风以瘦硬峭拔、生新廉悍为主，被认为是"更出新意，一洗唐调"的代表。但因过分追求奇拗，难免有晦涩生硬之弊。晚年则体现出返璞归真的倾向，所作多平淡质朴。有《山谷集》。

寄黄几复

【导读】

《寄黄几复》这首诗作于宋神宗元丰八年（1085），时作者监德州德平镇（今山东德州东）。黄几复是作者少年交游的朋友，时知四会县（今属广东）。这首诗表达了对友人的思念，抒发了人生聚少离多感慨，其中也寓有身世蹭蹬的感伤。诗中"桃李"二句备受称道，这两句对仗极为工整，全由意象组合而成，没有一个动词。这些意象也是寻常可见的，并不新奇，但组合在一起，立刻形成了两个对照强烈、内蕴丰富的象征性场景：桃李、春风、一杯酒，体现出相聚的欢乐、美好却短暂；江湖、夜雨、十年灯，则让人感受到长年漂泊的孤寂与悲苦。诗人把难以尽述的人生感慨，用高度概括的意象表现出来，意蕴委婉含蓄，令人回味无穷。

我居北海君南海①，寄雁传书谢不能②。
桃李春风一杯酒，江湖夜雨十年灯③。
持家但有四立壁④，治病不蕲三折肱⑤。
想得读书头已白，隔溪猿哭瘴溪藤⑥。

注释：

①"我居"句：形容距离遥远。据《左传·僖公四年》："齐侯以诸侯之师侵蔡。蔡溃，遂伐楚。楚子使与师言曰：'君处北海，寡人处南海，唯是风马牛不相及也。'" ②"寄雁"句：言音讯难通。相传大雁南飞至衡山回雁峰而止，黄几复在衡山之南，故大雁会谢绝传书。谢，谢绝。 ③"桃李"二句：上句忆昔日的欢聚，下句写江湖相隔的凄凉现实。宋神宗熙宁九年（1076），黄庭坚与黄几复同科出身，欢聚京城，此后一别十年。 ④四立壁：即家徒四壁，形容家中贫穷，一无所有。 ⑤"治病"句：称赞黄几复有治世才能，不追求官场世故。蕲，通"祈"，求。三折肱（gōng），《左传·定公十三年》曰："三折肱，知为良医。"后世常以喻阅历丰富，处事圆滑。 ⑥瘴溪：旧说广东一带多瘴气，故云。

【延伸阅读】

古今点评

初二句为小破题，第三第四句为颔联。大凡颔联皆宜意对。春风桃李，但一杯而想象无聊，窭空为甚，飘蓬寒雨十年灯之下，未见青云得路之便，其羁孤未遇之叹，具见矣。其意句亦就境中宣出。"桃李春风""江湖夜雨"，皆境也。昧者不知，直谓境句，谬矣。

——（宋）释普闻《诗论》

亦是一起浩然，一气涌出。五六一顿。结句与前一样笔法。山谷兀傲纵横，一气涌现。然专学之，恐流入空滑，须慎之。

——（清）方东树《昭昧詹言》

次句语妙，化臭腐为神奇也。三四为此老最合时宜语；五六则狂奴故态矣。

——（清）陈衍《宋诗精华录》

温庭筠《商山早行》云"鸡声茅店月，人迹板桥霜"二句不用一动词，而早行境界全出。此诗吸取了温诗的句法，创造了独特的意境。"桃李春风"与"江湖夜雨"，这是乐与哀的对照，快意与失望，暂聚与久别，往日的交情与当前的思念，都从时、地、景、事、情的强烈对照中表现出来，令人回味无穷。张耒评为奇语，确有见地。……总之，此诗善用典实，内蕴丰富，以故为新，拗折波峭，很能表现出黄诗的特色。

——霍松林《宋诗鉴赏辞典》

蚁蝶图

【导读】

这首六言诗作于宋徽宗崇宁初年（1102），时蔡京等人正对元祐旧臣大加打击报复。这首诗笔墨非常生动、有趣，后两句把群蚁忙碌争利、论功行赏、得意而归的场面刻画得活灵活现。诗中没有任何议论，但从中我们不难体会到它的寓意，群蚁正象征着靠别人不留神的触网失败，来为自己谋取的利益的小人。据说这首诗曾引起了蔡京的震怒（见岳珂《桯史》），由此可见它是意有所指的。

> 蝴蝶双飞得意，偶然毕命网罗。
> 群蚁争收坠翼，策勋归去南柯①。

注释：

①策勋：记功。南柯：此指蚁穴。唐李公佐作《南柯太守传》，叙

淳于梦梦至槐安国，娶公主，封南柯太守，荣华富贵，显赫一时。后率师出征战败，公主亦死，遭国王猜忌，被遣归。醒后，在庭前槐树下掘得蚁穴，即梦中之槐安国。

陆游

陆游（1125—1210），字务观，号放翁，越州山阴（今浙江绍兴）人。早年试进士，因受秦桧忌恨而被黜落。宋高宗绍兴三十二年（1162），赐同进士出身。曾任隆兴、夔州通判、朝议大夫、礼部郎中等职。后被弹劾去官，归老故乡山阴。陆游是南宋杰出的爱国诗人，存诗九千余首。其诗歌题材广泛，既写时事政治，又关注日常生活，"凡一草一木，一鱼一鸟，无不剪裁入诗"（清赵翼《瓯北诗话》）。诗风不拘一格，兼雄奇奔放、沉郁悲壮与清新素雅、恬淡自然。有《剑南诗稿》等。

临安春雨初霁①

【导读】

宋孝宗淳熙十三年（1186）春，陆游奉命权知严州（治所在今浙江建德），被召入京，《临安春雨初霁》即作于进京待命期间。自淳熙八年（1181）去职，作者已在山阴闲居了五年，这次重被起用，作者已是六十二岁。从这首诗的字里行间可以看出，在长年的宦海沉浮之后，对朝廷的这次任命和召见，作者的心情并不雀跃，而有厌倦之意。"世味年来薄似纱"一句奠定了全诗的情绪基调；"听春雨""闲作草""戏分茶"，体现的是作者闲适的生活情趣，而这些闲情逸致用在此处，更加反衬出其内心对进京待诏这件事的意兴阑珊；诗的最后两句，表现出对京华红尘的厌倦和迫切回乡的心情。作者终其一生，恢复中原的壮志始终未泯，但多年来不被重用的遭遇，使他对统治当局已深深失望，政治失意的感慨，壮志未酬的抑郁，于诗中隐约可见。全诗笔致清新流丽，情思含蓄不尽，颔联对仗尤为工稳、富有韵味，广为后人传诵。

> 世味年来薄似纱②，谁令骑马客京华③。
> 小楼一夜听春雨，深巷明朝卖杏花。
> 矮纸斜行闲作草，晴窗细乳戏分茶④。
> 素衣莫起风尘叹⑤，犹及清明可到家⑥。

注释：

①临安：南宋都城，今浙江杭州。霁：雨雪停止。 ②世味：世情。 ③骑马：暗示被召为官。古时贵人骑马，贫贱者骑驴。客：客居。 ④"矮纸"二句：谓闲居无事，以写草书、分茶作为消遣。矮纸，短纸。闲作草，悠闲地写草书。细乳，指沏茶时浮在水面的泡沫。分茶，宋代的一种饮茶游艺，今已失传。一说指品茶，"分"为鉴别之意。 ⑤"素衣"句：晋代陆机《为顾彦先赠妇》诗曰："京洛多风尘，素衣化为缁。"此处反用其意。素衣，白衣。 ⑥"犹及"句：按，这年三月，陆游从临安回到了山阴。

关山月①

【导读】

这首诗作于宋孝宗淳熙二年（1175），时陆游在成都任职，心中充满了恢复无望、抱负难酬的苦闷。这首诗借乐府古题讽咏时事，假托守边士兵的口吻，深刻揭露了朝廷的屈辱投降政策带来的恶果，强烈谴责了统治者的苟且偷安，倾诉了广大爱国士兵报国无门的悲愤和中原人民渴盼恢复的心情。此诗格调苍凉激越，沉郁悲壮，尤其是豪门贵族、戍边将士、中原人民三种不同境遇和心情的强烈对比，使得诗歌具有极强的感染力。

和戎诏下十五年②，将军不战空临边。
朱门沉沉按歌舞③，厩马肥死弓断弦④。
戍楼刁斗催落月⑤，三十从军今白发。
笛里谁知壮士心⑥，沙头空照征人骨⑦。
中原干戈古亦闻，岂有逆胡传子孙⑧！
遗民忍死望恢复⑨，几处今宵垂泪痕。

注释：

①《关山月》：乐府旧题。 ②"和戎"句：宋孝宗隆兴元年（1163），宋孝宗与金议和，至作此诗时为十五年。 ③朱门：指豪门贵族。沉沉：形容屋宇重叠幽深。按歌舞：依照乐曲的节奏歌舞。 ④"厩马"句：形容军备不整，军纪涣散。 ⑤戍楼：守望边警的楼，相当于碉堡。刁斗：军中打更用的铜器。 ⑥"笛里"句：谓《关山月》笛曲中蕴含着壮士报国无门的苦闷，这种心情有谁能够理解？ ⑦沙头：沙上。 ⑧逆胡传子孙：指金自太祖建国，后进犯中原，令宋偏安江南，至此已传国五世，故云。逆胡，此指金国。 ⑨遗民：指金统治区的汉族人民。

杨万里

杨万里（1127—1206），字廷秀，号诚斋，吉水（今江西吉水）人。宋高宗绍兴二十四年（1154）进士。曾任秘书监等职。杨万里作诗初学江西诗派，又改学晚唐诗人和王安石，最终摆脱前人藩篱而自成一家。他很善于从日常所见的事物中捕捉富有情趣的画面，并将自己对自然和人生的独特感受灌注其中。其诗歌既有浓郁的生活气息，又富于理趣，风格活泼、自然、清新，时称"诚斋体"。有《诚斋集》。

闲居，初夏午睡起二绝句^①（其一）

【导读】

这首绝句是宋孝宗乾道二年（1166）作者闲居家乡时所作。全诗语言浅易晓畅，写的也是普通的日常生活，却意趣深长、思致悠远。尤其是后两句，意蕴非常丰富。一个"捉"字，淋漓尽致地表现出儿童的天真活泼、无忧无虑。"柳花"本是没有什么实际用处的东西，"儿童捉柳花"当然也不是为了实用的目的，而是出于好玩、有趣，这种行为带着一派的天机自然；那么，作者看儿童捉柳花又是为了什么呢？两种行为之间是否有相似之处？一般情况下，没有人会花时间这样做，所以作者说自己是"闲看"。"无情思"和"闲看"的搭配，体现出一种心绪、一种情趣，这种"闲看"，既可以是没有任何思维意识参与、纯视觉上的欣赏，这种情况下，两种行为之间就有了相似的性质；但这种"闲看"也可以是意味深长、包蕴着复杂的思想内蕴的看，那么作者的目的与儿童的目的就不一样了。而无论是哪一种，都有着耐人寻味的深意。前人读这首诗，有的说"廷秀胸襟透脱矣"（罗大经《鹤林玉露》卷十四），有的说作者"默阅世变，中有感伤"（叶寘《爱日斋丛钞》）。"诗无达诂"，好诗的妙处本是说不尽，也不必说尽的。

> 梅子留酸软齿牙^②，芭蕉分绿与窗纱。
> 日长睡起无情思^③，闲看儿童捉柳花。

注释：

①此诗作于宋孝宗乾道二年（1166），时杨万里闲居在家。 ②软齿牙：谓梅子味酸，使牙齿发软。 ③无情思（sì）：没有情绪。

道旁小憩观物化

【导读】

　　"诚斋体"诗歌十分善于通过对自然之物的细微观察和思考，从中感悟到人生宇宙的哲理。《道旁小憩观物化》一诗即是如此。这首诗写作者在路旁休息时观察到的一只蝴蝶新生的过程，对刚刚羽化的蝴蝶"须拳粉湿"睡态的描绘，可谓形象而细腻；"后来"两句写蝴蝶醒后振翅而飞，不再记得自己沉睡之时的情状，于简单的描写中蕴含着丰富的哲思，意味深长，引人联想。有人认为此诗是讽刺"得志便猖狂"之人（《胡适选诗》），其实在"睡"与"醒""静"与"动"的转化之间，它传达的也是作者对生命、对自然万物变化规律的一种全新的体认。

> 蝴蝶新生未解飞，须拳粉湿睡花枝。
> 后来借得风光力，不记如痴似醉时。

虞集

　　虞集（1272—1348），字伯生，号道园，又号邵庵，蜀郡仁寿（今属四川）人。元成宗大德（1297）初年被荐入仕，文宗时官至奎章阁侍书学士。虞集是"元诗四大家"之一（另外三位是杨载、范梈、揭傒斯），擅长律诗，五律、七律大都写得格律严谨、用事恰切、意境浑融。有《道园学古录》等。

挽文山丞相①

【导读】

　　这首《挽文山丞相》是元诗中的名篇。作者哀悼宋末抗元将领文天祥，对他的命运以及宋室的命运发出了深沉的感慨。在强大的历史趋势面前，个人是渺小的，无力与之抗衡。文天祥的悲剧就在于，他想要挽回的是一个无法挽回的局面，就像张良开始为了替韩国报仇而派刺客行刺秦始皇，诸葛亮殚精竭虑、力图恢复汉室一样，结局只能是失败。但这并不是说这种行为是没有意义的，相反，这其中凸现出来的巨大的勇气和精神力量，正是人自身价值的体现。也正因为如此，诗中才有"徒把金戈挽落晖"的悲叹与惋惜，以及流溢于字里行间的伤悼之情。尾联中，作者借"新亭对泣"的典故，衬托出宋室的悲剧命运。东晋时，北方虽然沦陷，但至少还撑持着半壁江山，王公大臣还能在新亭对泣，缅怀故地。而如今宋室已烟消云散，远比当日东晋渡江后的境况还要凄惨。"不须"二字，看似平常，实则有千钧之重，传达出的是作者对宋室命运的沉重叹息。诗作寄慨遥深，风格沉郁苍劲。元末明初的陶宗仪说："读此诗而不下泪者几希。"（《南村辍耕录》）

> 徒把金戈挽落晖②，南冠无奈北风吹③。
> 子房本为韩仇出④，诸葛宁知汉祚移⑤。
> 云暗鼎湖龙去远⑥，月明华表鹤归迟⑦。
> 不须更上新亭望，大不如前洒泪时⑧。

注释：

①文山丞相：南宋丞相文天祥，号文山。 ②"徒把"句：谓文天祥已无力回天。据《淮南子·览冥训》载，鲁阳公与韩构交战，一直到太阳落山，鲁阳公挥戈，使得落日回转。这里是反用其意。落晖，喻指南宋王朝国势衰微。 ③南冠：楚冠，比喻囚徒。据《左传·成公九年》载："晋侯观于军府，见钟仪，问之曰：'南冠而絷者，谁也？'有司对曰：'郑人所献楚囚也。'"北风吹：比喻北方少数民族政权的扩张。 ④子房：张良，字子房，家族五世相韩，秦灭韩后，张良谋划为韩报仇，派刺客击杀秦始皇，未遂，后辅佐刘邦灭秦兴汉。 ⑤诸葛：诸葛亮，三国时蜀

国丞相。曾辅佐刘备、刘禅，谋划恢复汉室。祚（zuò）：皇位。 ⑥鼎湖龙去：暗喻南宋最后一个皇帝赵昺投海而死。据《史记·封禅书》载，黄帝在荆山下筑鼎，鼎成，乘龙飞去。后世借以指帝王之死。 ⑦"月明"句：借喻文天祥被俘而死。据《搜神记》，有辽东人丁令威，学道后化鹤归来，集于城门华表柱。有少年举弓欲射之，鹤乃飞，徘徊空中吟诗一首，中有"城郭如故人民非"句。鹤归迟，谓不见其魂魄归来。 ⑧新亭：故址在今江苏南京南。《世说新语·言语》载，东晋渡江之后，王公旧臣常于新亭相聚，周侯（周颙）叹息说："风景不殊，正自有河山之异。"大家相视流泪，惟王丞相（王导）曰："当共戮力王室，克复神州，何至作楚囚相对！"

吴伟业

吴伟业（1609—1672），字骏公，号梅村，太仓（今江苏太仓）人。曾从张溥游，名重复社。明崇祯四年（1631）进士，官至左庶子；弘光朝任少詹事；入清后任秘书院侍讲，迁国子监祭酒。吴伟业在明朝仕途畅达，名盛一时。仕清后，他常在诗歌中感慨兴亡，悲叹、愧悔自己的失节。为诗取法唐代元、白诸家，尤擅七言歌行，内容多叙事写人，将人物命运置于重大历史背景中，以映照兴衰、抒发故国怆怀和身世之感，后人称之为"梅村体"。赵翼评道："以唐人格调，写目前近事，宗派既正，辞藻又丰，不得不推为近代中之大家。"（《瓯北诗话》卷九）有《梅村家藏稿》。

圆圆曲①

【导读】

《圆圆曲》是"梅村体"代表作。它叙写吴三桂、陈圆圆的悲欢离合，对吴三桂为了一己之私而叛明降清的行为委婉地给予了讽刺。可能与作者自身的处境和当时特殊的时代背景有关，作者没有将批判矛头直指吴三桂，而是采用了"皮里阳秋"的方法。诗作用众多历史典故来比拟、烘托吴、陈之事，间或发表议论，也是点到即止。但从看似客观的叙事、议论中，我们不难感受到作者的态度与情绪，体会出其讥刺之意和深沉的兴亡感慨。叙事手法上，诗作打破了时空界限，将纷繁的历史事件有机融合在一起，并把人物的行为、遭际与国家命运相结合，情节跌宕起伏，富于传奇色彩。全诗具有俯仰生姿、涵永不尽的艺术魅力，"恸哭"二句尤为警策，为人所称颂。

> 鼎湖当日弃人间②，破敌收京下玉关③。
> 恸哭六军俱缟素④，冲冠一怒为红颜⑤。
> 红颜流落非吾恋⑥，逆贼天亡自荒宴⑦。
> 电扫黄巾定黑山⑧，哭罢君亲再相见⑨。
> 相见初经田窦家⑩，侯门歌舞出如花⑪。
> 许将戚里空侯伎⑫，等取将军油壁车⑬。
> 家本姑苏浣花里⑭，圆圆小字娇罗绮⑮。
> 梦向夫差苑里游⑯，宫娥拥入君王起。
> 前身合是采莲人⑰，门前一片横塘水⑱。
> 横塘双桨去如飞，何处豪家强载归⑲？
> 此际岂知非薄命，此时只有泪沾衣。
> 熏天意气连宫掖，明眸皓齿无人惜⑳。
> 夺归永巷闭良家㉑，教就新声倾坐客。
> 坐客飞觞红日暮㉒，一曲哀弦向谁诉？
> 白皙通侯最少年㉓，拣取花枝屡回顾。
> 早携娇鸟出樊笼，待得银河几时渡㉔？
> 恨杀军书抵死催㉕，苦留后约将人误。
> 相约恩深相见难，一朝蚁贼满长安㉖。

可怜思妇楼头柳㉗，认作天边粉絮看㉘。

遍索绿珠围内第，强呼绛树出雕阑㉙。

若非壮士全师胜㉚，争得蛾眉匹马还。

蛾眉马上传呼进，云鬟不整惊魂定。

蜡炬迎来在战场㉛，啼妆满面残红印㉜。

专征萧鼓向秦川㉝，金牛道上车千乘㉞。

斜谷云深起画楼㉟，散关月落开妆镜。

传来消息满江乡，乌桕红经十度霜㊱。

教曲妓师怜尚在㊲，浣沙女伴忆同行㊳。

旧巢共是衔泥燕㊴，飞上枝头变凤凰。

长向尊前悲老大㊵，有人夫婿擅侯王㊶。

当时只受声名累㊷，贵戚名豪竞延致㊸。

一斛珠连万斛愁㊹，关山漂泊腰支细。

错怨狂风扬落花㊺，无边春色来天地㊻。

尝闻倾国与倾城㊼，翻使周郎受重名㊽。

妻子岂应关大计，英雄无奈是多情。

全家白骨成灰土㊾，一代红妆照汗青㊿。

君不见馆娃初起鸳鸯宿51，越女如花看不足52。

香径尘生鸟自啼53，屟廊人去苔空绿54。

换羽移宫万里愁55，珠歌翠舞古梁州56。

为君别唱吴宫曲57，汉水东南日夜流58！

注释：

①圆圆：即陈圆圆，明末苏州名妓，姓邢名沅，字畹芬。明末辽东总兵吴三桂之妾。吴三桂出镇山海关，李自成攻占北京，陈圆圆被俘。吴三桂遂乞降于清，引兵攻陷北京，将其夺回。陈圆圆后随吴三桂入云南，晚年出家为道士。 ②鼎湖：这里指崇祯皇帝自缢于煤山。 ③"破

思往事，渡江干，青蛾低映越山看。共眠一舸听秋雨，小簟轻衾各自寒。

康震

敌"句：指吴三桂引清兵入关，击败李自成。玉关，玉门关，此指山海关。 ④六军：指朝廷的军队。缟素：白衣，指丧服。 ⑤红颜：指陈圆圆。 ⑥吾：我，指吴三桂。 ⑦逆贼：对李自成义军的蔑称。天亡：天意使之灭亡。自：由于。荒宴：沉迷于宴饮作乐。 ⑧电扫：形容进击神速。黄巾、黑山：皆为东汉末年的农民起义军，代指李自成起义军。 ⑨君：指崇祯皇帝。亲：指吴三桂的父亲吴襄，为李自成起义军所杀。 ⑩田、窦：西汉武安侯田蚡和魏其侯窦婴，两家皆是外戚。这里指崇祯皇帝田贵妃的父亲田宏遇。 ⑪侯门：指田宏遇家。 ⑫戚里：汉代长安城中外戚居住的地方。空侯伎：即"箜篌妓"，弹箜篌的歌妓，指陈圆圆。箜篌，乐器名。 ⑬等：期待。将军：指吴三桂。油壁车：古代女子乘坐的车，车壁以油涂饰。 ⑭姑苏：苏州的别称。浣花里：唐代妓女薛涛居住的地方，此处用以暗指陈圆圆的妓女身份。 ⑮小字：小名。陈圆圆本名沅。娇罗绮：姿态美好，衣着美观。 ⑯夫差苑：吴王夫差与西施曾游乐的宫苑。 ⑰前身：前世。合：该。采莲人：此指西施。 ⑱横塘：陈圆圆的家乡，在姑苏西南。 ⑲豪家：指外戚田宏遇。 ⑳"熏天"二句：谓田贵妃专宠，陈圆圆虽被送入宫中，却没有得到崇祯帝的眷顾。熏天意气，此指气势威赫。官掖（yè），皇帝后宫。 ㉑"夺归"句：谓陈圆圆从宫中被遣回田家。永巷，古代幽禁失势或失宠妃嫔的处所。良家，指田宏遇家。 ㉒飞觞：举杯。 ㉓白皙：面色白净，形容很年轻。通侯：指吴三桂。 ㉔"早携"二句：写吴三桂急切地带走了陈圆圆，顾不得选择佳期。银河，传说每年只有七月七日，牛郎织女才能渡过银河相会。 ㉕"恨杀"句：指崇祯帝催促吴三桂出兵山海关，抵御清兵。抵死催，拼命催。 ㉖蚁贼：指李自成起义军。长安：此指北京。 ㉗"思妇楼头柳"：化用王昌龄《闺怨》诗："闺中少妇不知愁，春日凝装上翠楼。忽见陌头杨柳色，悔教夫婿觅封侯。"思妇，指陈圆圆。 ㉘粉絮：白色的柳絮，比喻没有从良的妓女。 ㉙绿珠：西晋权臣石崇的宠妾。石崇失势，孙秀欲夺绿珠，绿珠坠楼自尽。绛树：

汉末著名舞妓。这里用二人代指陈圆圆。㉚壮士：指吴三桂。㉛“蜡炬”句：谓吴三桂打听到陈圆圆的下落，结五彩楼，列旌旗，箫鼓三十余里，亲自去迎接。蜡炬，蜡烛。㉜啼妆：一种妆容，用粉抹在眼下，犹如啼痕，故名。㉝专征：古代帝王授予将帅征战时自行决断的权力。箫鼓：此指军乐。秦川：秦岭以北的地区。㉞金牛道：即蜀栈，古代由陕西入川的重要通道。㉟斜谷：即褒斜道，因经褒水、斜水两河谷而得名。画楼：指一路上为陈圆圆安排的华美住宅。㊱乌桕（jiù）：南方落叶乔木，叶子经霜变红。十度霜：指过了十年。㊲妓师：教曲的乐师。㊳浣纱：用西施入吴宫前曾在若耶溪浣纱的典故。同行（háng）：同伴。㊴衔泥燕：比喻地位低微。㊵尊：通“樽”，酒杯。㊶有人：指陈圆圆。擅：占据。㊷声名：指陈圆圆作为妓女的名声。㊸竞延致：争相延请。㊹“一斛珠”句：指陈圆圆当日的受宠引来了往后的漂泊。一斛（hú）珠，据传奇《梅妃传》，唐玄宗宠爱梅妃，适逢外国进贡宝珠，遂命赐一斛给梅妃。此处用以比喻陈圆圆受到宠爱。斛，量词，十斗为一斛。㊺狂风扬落花：喻陈圆圆战乱中被俘事。㊻无边春色：指后来的美满生活。㊼倾城、倾国：指极其美貌的女子。㊽周郎：三国时吴国的周瑜，因娶美女小乔为妻而更为出名。这里借指吴三桂。㊾“全家”句：吴三桂全家都被李自成起义军所杀，仅陈圆圆得脱。㊿一代红妆：指陈圆圆。照汗青：名留史册。(51)馆娃：馆娃宫，吴王夫差为西施所建，在浙江灵岩山顶。(52)越女：此指西施。(53)香径：即采香径。相传夫差派人在溪旁种植香草，让宫女们泛舟采香。(54)屧（xiè）廊：即响屧廊，在馆娃宫。西施穿木底鞋在廊上行走，发出阵阵响声，供吴王倾听、欣赏。屧，木底鞋。(55)换羽移宫：演奏音乐时变换曲调。这里暗喻改换朝代。(56)“珠歌”句：谓吴三桂沉湎于声色。古梁州，汉中南郑为古梁州所在地，当时吴三桂镇守汉中，故云。(57)别唱：另唱。吴宫曲：咏叹吴国盛衰的歌曲。此指《圆圆曲》。(58)“汉水”句：语出李白诗《江上吟》“功名富贵若长在，汉水亦应西北流”句，暗喻吴三桂的覆亡。汉水，长江的支流，发源于汉中。

袁枚

袁枚（1716—1797），字子才，号简斋、随园老人，钱塘（今浙江杭州）人。乾隆四年（1739）进士，曾任江宁等地知县。乾隆十三年（1748）辞官，寓居江宁小仓山随园。他个性放浪不羁，离经叛道，论诗主张抒写性灵，认为"性情以外本无诗"（《寄怀钱屿沙方伯予告归里》），在当时影响很大。有《小仓山房诗文集》《随园诗话》等。

湖上杂诗

【导读】

这首小诗语言十分简淡平易，却有着让人咀嚼不尽的韵味。"想花心比见花深"一句是全诗的核心。"想花"，是指来到之前就已经"想"了很久了，还是来了之后因为没有见到而"想"呢？似乎都可以，也或者是二者的综合。总之，它告诉我们，心灵的自足有时更胜于感官的满足。它还告诉我们，遗憾有时也是一种美。这体现出的，是作者的一种非常别致的生活情趣。不过还要注意的是，这种"想花心比见花深"的妙悟，也只是适用于对"此来"的感受，因为"此来"看花而不得，纯粹是一种偶然，与之相应地，这种领悟也就不能作为一种常态。可以想见，作者以后肯定也不会因为这个妙悟而去刻意地错过花期，否则，那就太矫情了。

桃花吹落沓难寻，人为来迟惜不禁。
我道此来迟更好，想花心比见花深。

词

李白

作者介绍见诗歌部分。

菩萨蛮①（平林漠漠烟如织）

【导读】

这首《菩萨蛮》相传为李白所作，南宋黄昇编《唐宋诸贤绝妙词选》，谓其为"百代词曲之祖"。然自明胡应麟以来，就不断有人提出质疑，认为它是晚唐五代人假托李白之名而作的。尽管这场争议至今仍继续，但这首词的魅力是无可抵挡的。

这首词写思妇盼望远方行人久候而不归的心情。开头两句为远景，从登楼望远的思妇的角度描写日暮时分山间的景象，接着从全景式的平林远山拉到楼头思妇的特写镜头，突出了"有人楼上愁"的人物主体，层次井然。下片以"宿鸟归飞急"反衬行人滞留他乡，以"长亭连短亭"说明归程遥远，同时也说明归期无望。不怨行人忘返，却愁道路遥远，归程迢递，含蓄蕴藉地表现了思妇的哀怨之情。

平林漠漠烟如织②，寒山一带伤心碧③。暝色入高楼，有人楼上愁④。　　玉阶空伫立，宿鸟归飞急⑤。何处是归程，长亭连短亭⑥。

注释：

①这首《菩萨蛮》不见于唐人载籍，北宋文人传为李白作。南宋黄昇编入《唐宋诸贤绝妙词选》，谓为"百代词曲之祖"。后人颇多怀疑。明代胡应麟《少室山房笔丛》疑为"晚唐人词，嫁名李白"。这首词写的是旅客思家，穷途无归的苦闷。　②平林：平展的树林。漠漠：烟气弥漫的样子。　③伤心碧：一片使人伤心的碧绿色。这句是从少妇的角度写相思，意即正是春光大好、万物葱茏的时候，而自己却独守空房，

禁不住伤心寂寞。 ④有人：指词中的主人公。 ⑤"玉阶"二句：上句遥想家中爱人期待的失望心情；下句写眼中所见鸟儿归家的情景，与自己漂泊无依的处境形成对比，运用了比兴的手法。 ⑥长亭、短亭：古时设在大路边供行人歇脚的亭子。庾信《哀江南赋》："十里五里，长亭短亭。"

温庭筠

温庭筠（812？—870？），本名岐，字飞卿，太原（今山西太原）人。曾为方城（今河南方城）尉，官终国子助教，世称温方城、温助教。他在当时与李商隐齐名，时号"温李"。他诗词兼擅，词的成就尤高。《旧唐书》本传中说他"能逐弦吹之音，为侧艳之词"。《花间集》中收温词最多，达66首，可以说他是第一位专力填词的人，被誉为花间派鼻祖。

菩萨蛮①（小山重叠金明灭）

【导读】

温庭筠的词作内容偏重写闺情，用浓丽香软的华丽辞藻描述女性的居所、服饰及心绪，仿佛一幅幅精致的仕女图，色彩华丽绮艳，风格细腻隐约，王国维用"画屏金鹧鸪"来形容其词品。《菩萨蛮》（小山重叠金明灭）是温庭筠的代表作，词作生动细腻地描绘了居室的华丽陈设及美人梳洗时的娇慵姿态，在一系列意象的对比当中，委婉含蓄地暗示了人物孤独寂寞的心境。

历代诗论家对温词的评价甚高，清人周济《介存斋论词杂著》云："词有高下之别，有轻重之别。飞卿下语镇纸，端已揭响入云，可谓极两者之能事。"又："皋文曰：'飞卿之词，深美闳约。'信然。飞卿蕴酿最深，故其言不怒不慑，备刚柔之气。针缕之密，南宋人始露痕迹，

《花间》极有浑厚气象。如飞卿则神理超越，不复可以迹象求矣。然细绎之，正字字有脉络。"刘熙载《艺概》云："温飞卿词，精妙绝人。"温庭筠在词史上的地位，确是非常重要的。

小山重叠金明灭②，鬓云欲度香腮雪③。懒起画蛾眉④，弄妆梳洗迟。　照花前后镜⑤，花面交相映。新帖绣罗襦⑥，双双金鹧鸪⑦。

注释：

①《菩萨蛮》：唐玄宗时教坊曲名，后用作词调，本是一种模仿外国装束的舞队所用的曲调。本词写一位贵族女子空虚的生活，对人物的外貌和内心的刻画极为细致。　②小山：指眉额。金：画眉用金色，故称。作者另一首《菩萨蛮》中有"蕊黄无限党山额"句，即以山比喻眉。一说此句描写床头如小山重叠般的枕屏。　③鬓云：指头发浓密如云。香腮雪：指香而白的面颊。　④蛾眉：同"娥眉"，指女子长而美的眉毛。　⑤花：指插在头上的花。前后镜：前后两面对照的镜子。　⑥帖：盘绣，一种刺绣方式。　⑦金鹧鸪：用金线盘绣的鹧鸪。古人用鹧鸪一词一如用鸳鸯，取其成双成对之意。

韦庄

韦庄（约836—约910），字端己，长安杜陵（今陕西西安）人。为避乱而长期流寓南方。乾宁元年（894）进士，曾任校书郎，左补阙等职。入蜀官至宰相。有《浣花集》。

菩萨蛮（人人尽说江南好）

【导读】

韦庄与温庭筠齐名，并称"温韦"，为"花间"派的代表作家，但他的词作风格比较清丽，王国维用"弦上黄莺语"形容其词品。这首《菩萨蛮》以清丽简约的笔触，勾勒出江南水乡春水画船的迷人风光，表达了作者淹留他乡、思念故土却不能归去的心理。与温词相比，韦词中意象的密度和色彩的浓度都明显减弱，更多的是运用白描的手法和直抒胸臆的表达方式，形成了自己的特色。

人人尽说江南好，游人只合江南老①。春水碧于天，画船听雨眠。　　垆边人似月②，皓腕凝霜雪③。未老莫还乡，还乡须断肠④。

注释：
①合：应该，任凭。　②垆边：指酒家。垆：酒店里安放酒瓮的土台子，借指酒店。　③皓：洁白剔透。　④须：大概。

冯延巳

冯延巳（903—960），一作延己，又名延嗣，字正中，广陵（今江苏扬州）人。官至翰林学士承旨、中书侍郎、左仆射同平章事。他是南唐词人的重要代表，其创作风格清新缠绵，富有情致，王国维《人间词话》评价说："冯正中词虽不失五代风格，而堂庑特大，开北宋一代风气。"有《阳春集》。

鹊踏枝①（谁道闲情抛掷久）

【导读】

冯延巳的词继承花间词的传统，创作目的还是"娱宾遣兴"，题材内容上也没有超越相思恨别、男欢女爱、伤春悲秋的范围。但他的词中往往寓有身世之感，在表现爱情相思苦闷的同时，还渗透着一种时间意识和生命忧患意识，从而丰富了词作的思想内涵，提升了词的思想境界。在表现手法上，他常以大境写柔情，以阔大无限的空间境界表现出愁思的深重；还善于用层层递进的抒情手法，表现人物的愁思，颇给人以"旨隐词微"之感。

这首《鹊踏枝》是冯词中写愁思的名作，这种忧愁具有一种超越时空和具体情事的特质，表现的是人生中一种说不清、道不明的情思。这种情感的不确定性和朦胧性，留给读者更大的联想的空间。这首词以白描的手法勾勒出抒情主人公孤独缥缈的形象，语言清新流丽，意境高雅潇洒，已开启了士大夫词作的风貌。

谁道闲情抛掷久，每到春来，惆怅还依旧。日日花前常病酒②，不辞镜里朱颜瘦③。　河畔青芜堤上柳④，为问新愁，何事年年有⑤？独立小桥风满袖⑥，平林新月人归后。

注释：

①《鹊踏枝》：一作《雀踏枝》，唐玄宗时教坊曲名，后用作词调，即《蝶恋花》。冯延巳以《鹊踏枝》词著称，今传十四首。这首写的是闲情，是否另有所托，很难确指。　②病酒：酒喝得太多，像生病了一样。　③不：一本作"敢"。辞：顾惜。　④青芜：草色碧青。　⑤何事：为什么。　⑥立：一本作"上"。桥：一作"楼"。

谒金门①（风乍起）

【导读】

陆游《南唐书·冯延巳传》记载："元宗（中主）尝因曲宴内殿，从容谓曰：'吹绉一池春水'，何干卿事？延巳对曰：'安得如陛下"小楼吹彻玉笙寒"之句。'"可见这首词在当时声名之盛，流传之广。这首词表现的是一位少女思念的心情，无论是"闲引鸳鸯"还是"阑干独倚"，都无法排遣她的情绪，突出了她在等待时的寂寞与焦虑。首句以"微风吹皱春水"起兴，细腻贴切地刻画出少女敏感纷乱的心绪，无怪在当时即享有盛名。

风乍起，吹绉一池春水②。闲引鸳鸯香径里③，手挼红杏蕊④。　斗鸭阑干独倚⑤，碧玉搔头斜坠⑥。终日望君君不至，举头闻鹊喜⑦。

注释：

①《谒金门》：唐玄宗时教坊曲名，后用作词调。按敦煌曲辞《谒金门》中有"得谒金门朝帝庭"语，疑即此调的本意。　②绉：同"皱"。这句是起兴，以春水起涟漪比喻心情由平静到不平静。　③引：逗引。香径：花园中的小路。　④挼（ruó）：同"挼"，揉搓。　⑤斗鸭：鸭相斗为戏。　⑥碧玉搔头：碧玉做成的簪子。这句写主人公不事装扮，显示出一种懒散的情绪。　⑦鹊喜：《开元天宝遗事》卷下："时人之家，闻鹊声皆为喜兆，故谓灵鹊报喜。"

李煜

李煜（937—978），字重光，继其父李璟为南唐主，世称李后主。在位十五年，政事不修，沉于享乐。国亡为宋所俘，过了三年囚徒一般的屈辱生活。相传被宋太宗用牵机药毒死。他精通韵律，工于绘画，尤其擅长作词。今传《南唐二主词》是他与其父李璟的合集。李煜词作的风格以975年被俘为界可分为两个时期，前期多描写宫廷生活和男女情事，以及无力摆脱命运的哀愁之感，风格绮丽柔靡，不脱"花间"习气。后期词作则直抒胸臆，倾吐身世家国之感，扩大了词的表现领域，凄凉悲壮，意境深远。王国维《人间词话》认为："温飞卿之词，句秀也；韦端己之词，骨秀也；李重光之词，神秀也。""词至李后主而眼界始大，感慨遂深，遂变伶工之词而为士大夫之词"。纳兰性德评价说："花间之词，如古玉器，贵重而不适用，宋词适用而少质重，李后主兼有其美，饶烟水迷离之致。"(《渌水亭杂识》)

乌夜啼①（无言独上西楼）

【导读】

　　李煜的词作在表现手法方面有着很大的突破，他擅长运用白描的手法，抓住客观景物中最富特色之处，加以细腻地表现，将自己抽象的情思具象化。这首《乌夜啼》描绘了秋夜月下梧桐深院的景色，表达了心中无言而凄苦的离愁。作者用"剪不断，理还乱"来形容没有具体形态的离愁，就使得虚幻的事物具有了真实可感性，将稍纵即逝的感受和复杂幽微的心理变化写得如在目前。再如"离恨恰如春草，更行更远还生"等句，也能够体现这一特色。黄昇《唐宋诸贤绝妙词选》卷一题注："此词最凄婉，所谓'亡国之音哀以思'。"

　　无言独上西楼，月如钩，寂寞梧桐深院、锁清秋。　　剪不断，理还乱，是离愁②，别是一般滋味、在心头。

注释：

　　①《乌夜啼》：一名《相见欢》，唐玄宗时教坊曲名，后用为词调。　②离愁：这里指亡国之愁。

浪淘沙①（帘外雨潺潺）

【导读】

　　李煜后期的词作中，反复咏叹自己对于故国以及逝去生活的怀念。

这种怀念之情，往往是通过对自然风物的描绘和慨叹而表达出来的。《浪淘沙》这首词描绘的是"春意阑珊"的景象，面对着绵绵不断的春雨、随风凋谢的落花、透过罗衾的春寒，独自凭栏的词人不由怀想起故国的"无限江山"。然而那逝去的繁华岁月，就如同随落花流水而逝去的春天，是无论如何都无法挽留的，是如同"天上人间"般的相隔，了悟到这一点的词人又怎能不发出如此哀婉的低吟。

　　帘外雨潺潺②，春意阑珊③。罗衾不耐五更寒。梦里不知身是客，一晌贪欢④。　　独自莫凭栏，无限江山。别时容易见时难。流水落花春去也，天上人间⑤！

注释：

①《浪淘沙》，一名《卖花声》，唐玄宗时教坊曲名，后用为词调。本篇是怀念故国之词。蔡绦《西清诗话》："南唐李后主归朝后，每怀江国，且念嫔妃散落，郁郁不自聊。尝作长短句（《浪淘沙》词，略）……含思凄婉，未几下世。"　②潺潺：形容连绵不断的雨声。　③阑珊：将尽。　④一晌：片刻。　⑤"流水"二句：意思是说帝王的生活一去不复返了，如同天上和地下乖隔，永远不可能再回到过去了。

晏殊

晏殊（991—1055），字同叔，抚州临川（今江西临川）人。十四岁时以"神童"应举，赐同进士出身。后官至同中书门下平章事兼枢密使。当朝名臣范仲淹、欧阳修等均为其门生。卒谥元献。有《珠玉词》。晏殊被后人推为"北宋倚声家初祖"（冯煦《蒿庵论词》）。他一生仕途顺利，位高权重，富贵优游，其词作就内容而言，主要是表现男女之间的相思别恨，以及富贵生活中的闲情与闲愁。词风受五代词人冯延巳的影响较深，但并不堆金砌玉，一洗《花间》词的猥俗、脂粉气，"而惟说其气象"（吴处厚《青箱杂记》）。词作雍容婉丽，雅致而有情思。

蝶恋花①（槛菊愁烟兰泣露）

【导读】

　　这首《蝶恋花》为深秋怀人之作。主人公因离别的相思而怅惘、哀伤，他（她）用自己的情绪，为触目所及的菊、兰、罗幕、燕子、明月等物象染上了丰富的感情色彩，但这样却反而更进一步加深了自己的惆怅。词的下片，主人公独上高楼，望断天涯，但是不仅望不到思念的人，就连书信也无由寄达。主人公的相思之苦一层层被渲染、加深，具有强烈的感染力。

　　这首词含蓄典雅，语淡情长，格调较高。王国维在《人间词话》中把"昨夜西风"三句与《诗经》中《蒹葭》一篇相比，认为"意颇近之，但一洒落，一悲壮耳"。可见，它不仅具有婉约词情致深婉、缠绵悱恻的特点，更有一般婉约词中少见的寥廓、高远、悲怆境界。

　　槛菊愁烟兰泣露②。罗幕轻寒，燕子双飞去。明月不谙离恨苦③。斜光到晓穿朱户。　　昨夜西风凋碧树④。独上高楼，望尽天涯路。欲寄彩笺兼尺素⑤。山长水阔知何处。

注释：

　　①《蝶恋花》：词调名，原名《鹊踏枝》。　②槛菊：用围栏围起来的菊花。　③谙：熟悉，了解。　④凋碧树：使树木绿叶凋枯。　⑤彩笺：古人用来题诗的精美的纸，此代指题咏之作。尺素：古人书写所用的尺许长的白色生绢，后来作为书信的代称。

柳永

柳永（约984—约1053），生卒年不详。初名三变，字景庄，后改名永，字耆卿，崇安（今福建武夷山）人。宋仁宗景祐元年（1034）进士。后官至屯田员外郎。有《乐章集》。柳永精通音律，与教坊乐工、歌伎过从甚密。他大量写作慢词，从根本上改变了唐五代以来小令一统词坛的格局。在艺术形式上，善于吸收民间词的特点，采用俗字俚语入词，词作内容也多表现市民生活。这些都对宋词的发展起到了重大的推动作用。所以柳词深受市民喜爱，流传很广，叶梦得《避暑录话》卷下说："教坊乐工每得新腔，必求永为辞，始行于世。"

八声甘州①（对潇潇、暮雨洒江天）

【导读】

《八声甘州》这首词抒发游子的羁旅失意情怀和思乡之情。上片写登楼所见，勾勒出一幅气象阔大、萧瑟寥廓的江天秋景图。"霜风凄紧，关河冷落，残照当楼"几句，苏轼认为"不减唐人高处"（赵令畤《侯鲭录》卷七）。而"对""洗""渐""当"等字的运用，尤为精审。下片集中抒情，先写"我"登楼时所引发的羁旅行役之愁，接着设想意中人苦苦盼望"我"归来的情景，最后又回到现实的空间，写"我"思念对方的情形。多重的空间结构，把人生的感慨，游子的矛盾、苦闷、思乡，佳人的盼归等种种情绪交织在一起，荡气回肠。值得注意的是，空间的变换，是柳永词作在结构方式上的重要特点。这种方式，为后来许多词家所借鉴。

对潇潇、暮雨洒江天，一番洗清秋。渐霜风凄紧②，关河冷落③，残照当楼。是处红衰翠减④，苒苒⑤物华休。惟有长江水，无语东流。　　不忍登高临远，望故乡渺邈⑥，归思难收。叹年来踪迹，何事苦淹留。想佳人、妆楼颙望⑦，误几回、天际识归舟⑧。争知我⑨、倚阑干处，正恁凝愁⑩。

注释：

　　①《八声甘州》：词调名。　②凄紧：凄厉强劲。　③关河：泛指山河。　④是处红衰翠减：处处都是花枯叶落的景象。　⑤苒苒：渐渐。　⑥渺邈：遥远。　⑦颙望：翘首凝望。　⑧误几回、天际识归舟：有多少回把远处的来船误认为是自己丈夫的归舟。　⑨争知：怎知。　⑩恁：这般。凝愁：愁思郁结难解。

【延伸阅读】

"忍把浮名，换了浅斟低唱"

　　柳永早年进士考试落榜，于是他写了首牢骚极盛的《鹤冲天》："黄金榜上，偶失龙头望。明代暂遗贤，如何向。未遂风云便，争不恣狂荡？何须论得丧。才子词人，自是白衣卿相。　烟花巷陌，依约丹青屏障。幸有意中人，堪寻访。且恁偎红翠，风流事、平生畅。青春都一饷。忍把浮名，换了浅斟低唱。"

　　这首词尽情地抒发了他名落孙山的愤懑，表现出强烈的反抗、叛逆精神。南宋吴曾《能改斋漫录》卷十六载："仁宗留意儒雅，务本理道，深斥浮艳虚薄之文。初，进士柳三变好为淫冶讴歌之曲，传播四方。尝有《鹤冲天》词云：'忍把浮名，换了浅斟低唱。'及临轩放榜，特落之曰：'且去浅斟低唱，何要浮名！'景祐元年方及第。后更名永，方得磨勘转官。"之后，柳永更自称"奉旨填词"，其中不无自嘲、自傲之意。不管这个故事真实与否，在世人心中，它却为个性狂放不羁的柳永，又增添了几分落拓才子的洒脱与无奈。

望海潮（东南形胜）

【导读】

《望海潮》词调，首见于柳永《乐章集》。词咏钱塘（今浙江杭州），调名可能是取钱塘作为观潮胜地之意。柳永在许多词作中描写了北宋富庶、繁华的城市生活，《望海潮》是这类题材中的代表作。

杭州是当时著名的都市之一，柳永曾在这里生活过一段时间，因而对这里的山水名胜、风土人情有着较为深切的体验。词人以饱含激情而略带夸饰的笔调，采用铺叙的手法，从自然形胜和经济繁荣两个角度，描绘出了杭州的风物之美和市民游乐的繁盛景象，多层次地为我们展示了一幅都市风情画，前所未有地呈现出了当时社会的升平气象，为宋代的都市繁荣留下了十分形象的见证。宋人罗大经《鹤林玉露》曰："孙何帅钱塘，柳耆卿作《望海潮》词赠之云……此词流播，金主亮闻歌，欣然有慕于'三秋桂子，十里荷花'，遂起投鞭渡江之志。"说金主完颜亮因一首词的影响而萌发南侵之意，这当然只是传说，不足信，但也由此可知这首词广泛传诵，产生了不小的社会影响。

　　东南形胜①，江吴都会②，钱塘自古繁华。烟柳画桥，风帘翠幕，参差十万人家③。云树绕堤沙，怒涛卷霜雪④，天堑无涯⑤。市列珠玑，户盈罗绮竞豪奢。　　重湖叠巘清嘉⑥，有三秋桂子，十里荷花。羌管弄晴，菱歌泛夜，嬉嬉钓叟莲娃。千骑拥高牙⑦，乘醉听箫鼓，吟赏烟霞⑧。异日图将好景⑨，归去凤池夸⑩。

注释：

　　①形胜：地理位置优越的地方。　②江吴：钱塘位于钱塘江北岸，旧属吴国，隋、唐时为杭州治所，五代吴越建都于此，故云江吴都会。江，一本作"三"。　③参差：大约，将近。一说形容楼阁高下不

齐。　④霜雪：比喻浪花。　⑤天堑：天然的壕沟、险阻。古代以长江为南方国家抵御北方敌人的天然险阻。　⑥重湖：西湖以白堤为界，分为外湖、里湖，故云"重湖"。叠巘（yǎn）：重叠的山峰。清嘉：秀丽。　⑦"千骑"句：写州郡长官出行时的仪仗。牙，牙旗，将军用的旗帜。　⑧烟霞：泛指山水景色。　⑨图：描画。　⑩凤池：即凤凰池，是皇帝禁苑中的池沼，后用以借指掌握政治机要的中书省。此处泛指朝廷。

欧阳修

作者介绍见诗歌部分。

朝中措① · 送刘仲原甫出守维扬②

【导读】

欧阳修词风受五代词人影响较深，但也包含着一些新变的成分。刘熙载《艺概》说："冯延巳词，晏同叔得其俊，欧阳修得其深。"而他的一些风格疏朗、表现自我情怀的作品，被认为是"疏隽开子瞻"（冯煦《蒿庵论词》）。这首《朝中措》是宋仁宗嘉祐元年（1056），欧阳修为送别好友刘敞出守扬州而作。欧阳修也曾作过扬州太守，并修筑了平山堂。词作上片追忆平山堂景物；下片赞友人的才思与豪气，兼写自己放浪形骸的豪情。全词贯注着一股郁勃、苍凉之气，于潇洒、放旷中，又流露出感时伤世的情怀。

平山阑槛倚晴空③。山色有无中④。手种堂前垂柳，别来几度春风。　文章太守，挥毫万字，一饮千钟。行乐直须年少⑤，尊前看取衰翁⑥。

注释:

①《朝中措》：词调名。 ②刘原甫：即刘敞，字原甫，《宋史》有传。嘉祐元年（1056）出知扬州。 ③平山：即平山堂，在扬州西北蜀冈上，欧阳修庆历八年（1048）为郡守时所建。 ④山色有无中：远山时隐时现。唐代诗人王维《汉江临眺》："江流天地外，山色有无中。" ⑤直：当。 ⑥尊前看取衰翁：尊同"樽"。衰翁，指情怀衰减的老人，此时的欧阳修刚刚五十岁。

晏几道

晏几道（1038—1110），字叔原，号小山，晏殊之子。有《小山词》。他为人耿介孤傲，仕途上很不得意。其词作多是小令，风格接近花间词，题材仍不出恋情、离别的范围；与其父的《珠玉词》相比，更具有一种感伤的情调。

蝶恋花①（醉别西楼醒不记）

【导读】

这首《蝶恋花》抒写离别后的情怀。热闹的相聚之后，只剩下满屋的寂寞、凄凉，所谓"醉别西楼醒不记"，不是真不记得，而是不忍再去回忆。衣上的酒痕、纸上的诗句，在在都是别前欢娱的印记，但现在它们和斜月、画屏、垂泪的红烛一起，只能留给词人无限的感伤。词作一唱三叹，凄恻哀婉之至。清人陈廷焯《词则·大雅集》评此词下阕云："一字一泪，一字一珠。"

醉别西楼醒不记，春梦秋云②，聚散真容易。斜月半窗还少睡，画屏闲展吴山翠③。　　衣上酒痕诗里字④，点点行行，总是凄凉意。红烛自怜无好计，夜寒空替人垂泪⑤。

注释：

①《蝶恋花》，初名《鹊踏枝》，又名《凤栖梧》《黄金缕》等。六十字，双调。 ②春梦秋云：指光阴荏苒，不知不觉。白居易《花非花》诗云："来如春梦几多时，去似朝云无觅处。" ③吴山：地名。这里指画屏上所绘的江南山水。 ④"衣上"句：化用白居易《故衫》诗"袖中吴郡新诗本，襟上杭州旧酒痕"句。 ⑤"红烛"二句：化用杜牧《赠别二首》其二"蜡烛有心还惜别，替人垂泪到天明"句。

王安石

作者介绍见诗歌部分。

桂枝香①·金陵怀古

【导读】

这首金陵怀古之作是时人称许的名篇。据杨湜《古今词话》："金陵怀古，诸公寄词于《桂枝香》，凡三十余首，独介甫最为绝唱。东坡见之，不觉叹息曰：'此老乃野狐精也。'"词作上片写金陵秋景，山川奇伟壮丽，气象开阔绵邈；下片追怀六朝旧事，通过繁华、衰败的鲜明对照，对六朝统治者的逸豫亡国进行了批判，其中也寄寓着作者对现实危机的忧虑。词作高瞻远瞩，用字精准，感慨遥深，将词作由表现个体人生感受，进一步拓展为表现对历史和现实问题的反思，具有开创性意义。

登临送目②，正故国晚秋③，天气初肃④。千里澄江似练⑤，翠峰如簇。归帆去棹残阳里⑥，背西风、酒旗斜矗。彩舟云淡⑦，星河鹭起⑧，画图难足⑨。　　念往昔、繁华竞逐⑩。叹门外楼头⑪，悲恨相续⑫。千古凭高，对此谩嗟荣辱。六朝旧事随流水，但寒烟、衰草凝绿。至今商女，时时犹唱，《后庭》遗曲⑬。

注释：

①《桂枝香》：词调首见于王安石此作。 ②登临送目：登高临水，放眼望远。 ③故国：金陵（今江苏南京）曾为东吴、东晋、宋、齐、梁、陈的都城，所以称之为故国。 ④肃：肃爽，指秋高气爽的天气。 ⑤千里澄江似练：澄澈的江水好像白色的绢绸。 ⑥归帆去棹：往来的船只。 ⑦彩舟云淡：远处的朵朵白云在夕阳的映照下，仿佛是只只彩船游弋在江中。 ⑧星河鹭起：江上的白鹭翩翩起舞，仿佛在银河中飞翔。 ⑨画图难足：用图画也难以充分表达。 ⑩念往昔、繁华竞逐：回想金陵在六朝时期那繁华豪奢的生活。 ⑪门外楼头：典出杜牧《台城曲》："门外韩擒虎，楼头张丽华。"韩擒虎为隋朝灭陈的大将，当他兵临金陵城下时，陈后主还在和宠妃张丽华寻欢作乐。 ⑫悲恨相续：六朝各代相继亡国的悲剧不断延续。 ⑬"至今商女"三句：语本杜牧《泊秦淮》："商女不知亡国恨，隔江犹唱《后庭花》。"商女，歌女。《后庭》遗曲，指陈后主所作艳曲《玉树后庭花》，后人多称此为亡国之音。

苏轼

作者介绍见诗歌部分。

江城子①·乙卯正月二十日夜记梦②

【导读】

《江城子·乙卯正月二十日夜记梦》是一首悼亡词，作于宋神宗熙宁八年（1075），时作者任密州知州，他的妻子王弗于宋英宗治平二年（1065）去世，距作者写作这首词正好十年。

词作开篇将生死并提，想象亡妻仍然还有思想，双方仍然能够互相思念。但是自己现在与亡妻之坟相隔千里（王氏之墓在苏轼的故乡眉山），无由倾诉哀肠。接着作者又设想，即使突破了时空与生死的界限，二人再度重逢，也只怕对方认不出自己了，因为十年之后，自己已是"尘满面，鬓如霜"。这样的一转再转，流露出对人事变迁的无限感慨。尤其是"纵使相逢应不识"的猜想，看透了生死，于虚无中透出极端的清醒与冷静。然而即便如此，作者却还是不能忘情。

这种清醒中的痛苦最为彻骨！在昨夜的梦中，作者回到了家乡，见到妻子还是像往常一样，坐在窗前梳妆，两人相对无言，悲喜交集。然而梦毕竟是梦，梦醒以后，只能让人对现实的情境感到更加凄凉。"明月夜，短松冈"，正是令作者和亡妻年年肝肠寸断的地方。

　　十年生死两茫茫③。不思量，自难忘。千里孤坟④、无处话凄凉。纵使相逢应不识，尘满面，鬓如霜。　　夜来幽梦忽还乡。小轩窗，正梳妆⑤。相顾无言、惟有泪千行。料得年年断肠处，明月夜，短松冈⑥。

注释：

①《江城子》：词调名。　②乙卯：宋神宗熙宁八年（1075），时苏轼为密州（山东诸城）知州。　③十年生死：苏轼妻王弗病逝于宋英宗治平二年（1065），到写作此词时已十年。　④千里孤坟：王弗安葬于眉州东北彭山安镇可龙里，距密州数千里。　⑤小轩窗，正梳妆：轩，有窗槛的小屋。这两句是说见到妻子正在当窗妆扮。　⑥"料得"三句：短松冈，遍植松树的小山岗，此指墓地。这三句是说我能想象得到，那月光朗照、幼松丛生的墓地，就是令你我年年肝肠寸断的地方。

定风波①（莫听穿林打叶声）

【导读】

这首词作于宋神宗元丰五年（1082），时苏轼因"乌台诗案"被贬黄州（今湖北黄冈）已两年。"乌台诗案"让苏轼几遭不测，是他在政治生涯中遭遇到的第一次重大挫折。从这首词里，我们能看到他胸襟开阔、旷达超脱的一面。"一蓑烟雨任平生""也无风雨也无晴"，体现出作者对于人生的坎坷、磨难，想努力超越、泰然处之的态度。清代郑文焯评价说："此足征是翁坦荡之怀，任天而动。琢句亦瘦逸，能道眼前景。以曲笔直写胸臆，倚声能事尽之矣。"（《手批东坡乐府》）

三月七日，沙湖②道中遇雨，雨具先去③，同行皆狼狈，余不觉。已而遂晴，故作此词。

莫听穿林打叶声，何妨吟啸且徐行④。竹杖芒鞋轻胜马。谁怕？一蓑烟雨任平生。　料峭春风吹酒醒⑤。微冷。山头斜照却相迎。回首向来萧瑟处⑥。归去，也无风雨也无晴⑦。

注释：

①《定风波》：词调名。　②沙湖：在今湖北黄冈东南三十里。　③雨具先去：指携带雨具的人先走一步。　④吟啸：魏晋士人喜撮口长啸，以示洒脱。　⑤料峭：形容春风略带寒意。　⑥萧瑟：指雨声。　⑦也无风雨也无晴：风雨和晴天都不萦绕于胸中，不足悲也不足喜。

水龙吟①·次韵章质夫《杨花词》②

【导读】

这首词是次韵之作。次韵是和诗的一种方式，简单地说就是用原韵进行唱和，而且要依照其先后顺序。这首词中，每一句的最后一字都与章质夫的《水龙吟》词相同，但虽为和作，却毫无拘束之态，胜似原唱，被许为"神品"。王国维《人间词话》指出："咏物之词，自以东坡《水龙吟》为最工。"这首词咏杨花，处处为杨花赋予了人的神韵和情思，既是咏物，又是写人，人与物浑成一体，无法分离，构思极为精巧；化用典故和前人诗句时，自然贴切，不露痕迹。词作风格幽怨缠绵，而又空灵飞动，韵味无穷。

似花还似非花，也无人惜从教坠③。抛家傍路，思量却是，无情有思。萦损柔肠，困酣娇眼④，欲开还闭。梦随风万里，寻郎去处，又还被、莺呼起⑤。　不恨此花飞尽，恨西园、落红难缀。晓来雨过，遗踪何在⑥，一池萍碎⑦。春色三分，二分尘土，一分流水。细看来，不是杨花点点，是离人泪。

注释：

①《水龙吟》：词调名。　②章质夫：章楶，字质夫，蒲城人。时任提举荆湖北路刑狱，与黄州相近。杨华：杨树的飞絮，与柳絮相同，故常柳絮、柳花混称。　③从教坠：任凭它凋零飘落。　④困酣娇眼：愁思扰人，令人倦慵懒睁眼。因柳絮而想到细长的柳叶仿佛思妇娇眼。　⑤莺呼起：化用唐金昌绪《春怨》诗"打起黄莺儿，莫教枝上啼。啼时惊妾梦，不得到辽西"语。　⑥遗踪：指雨后杨花的踪迹。　⑦萍碎：苏轼自注："杨花落水为浮萍，验之信然。"

秦观

　秦观（1049—1100），字太虚，后改字少游，号淮海居士，高邮（今属江苏）人。曾任国史院编修官等职。后因被目为元祐党人，累遭贬谪。他是"苏门四学士"之一，能诗文，尤工词。其词作中浸透着身世的悲苦与人生的愁恨，冯煦说："他人之词，词才也；少游，词心也。"（《蒿庵论词》）其词风委婉含蓄，清丽淡雅，被认为是最能体现词的本色当行的作家。有《淮海集》。

满庭芳①（山抹微云）

【导读】

　　《满庭芳》这首词写别情，与柳永的《雨霖铃》有神似之处，但较之柳词更为含蓄而有余味。词作开始也是铺陈送别时的场景，"抹"字和"粘"字用得新颖而切当，由锤炼而得却不失自然；"多少蓬莱旧事"一句，让人感觉似乎马上要进入对往日情境的追忆，但出人意料地，只用"空回首"一句轻轻接住，欲说还休；而用"烟霭纷纷"这句景语来形容那无尽的往事，则极富神韵。下片"谩赢得、青楼薄幸名存"一句，吐露出作者对事业未成的感伤。词末不待情思说尽而以景语作结，含蓄蕴藉，余意无穷。词作于离情别绪中，曲折地倾诉出内心的抑郁，诚如周济《宋四家词选》所说："将身世之感，打并入艳情。"

　　山抹微云，天粘衰草，画角声断谯门②。暂停征棹，聊共引离尊③。多少蓬莱旧事④，空回首、烟霭纷纷。斜阳外，寒鸦万点，流水绕孤村。　　销魂⑤。当此际，香囊暗解⑥，罗带轻分⑦。谩赢得、青楼薄幸名存。此去何时见也？襟袖上、空惹啼痕。伤情处，高城望断，灯火已黄昏。

注释：

　　①《满庭芳》：词调名。　②谯门：谯门，城门楼，古代用以守望。　③共引离尊：谓饯行时举杯相属。　④蓬莱旧事：指男女欢恋的往事。　⑤销魂：离别之际悲伤愁苦的心情。　⑥香囊暗解：解下佩带的香囊作为临别的赠物。　⑦罗带轻分：罗带，丝制的带子。古人将罗带打成同心结以示永远相爱。罗带轻分，表示离别。

【延伸阅读】

集评

山抹微云秦学士，露花倒影柳屯田。

——（宋）苏轼戏评秦观、柳永

近世以来作者皆不及秦少游，如："斜阳外，寒鸦数点，流水绕孤村。"虽不识字，亦知是天生好言语。

——（宋）晁补之《评本朝乐章》

秦即专主情致，而少故实。譬如贫家美女，非不妍丽，而终乏富贵态。

——（宋）李清照《词论》

秦少游词体制淡雅，气骨不衰，清丽中不断意脉，咀嚼无滓，久而知味。

——（宋）张炎《词源》

秦少游《淮海集》，首首珠玑，为宋一代词人之冠。

——（清）李调元《雨村词话》

秦少游自是作手，近开美成，导其先路；远祖温、韦，取其神不袭其貌，词至是乃一变焉。然变而不失其正，遂令议者不病其变，而转觉有不得不变者。

——（清）陈廷焯《白雨斋词话》

他人之词，词才也；少游，词心也。得之于内，不可以传。

——（清）冯煦《蒿庵论词》

先生蔡伯评近世之词谓："苏东坡辞胜乎情，柳耆卿情胜乎辞，辞情兼胜者，唯秦少游而已。"

——孙兢《竹坡老人词序》

少游最和婉醇正，稍逊清真者，辣耳。少游意在含蓄，如花初胎，故少重笔。

——（清）周济《宋四家词选》

周邦彦

　　周邦彦（1056—1121），字美成，号清真居士，钱塘（今浙江杭州）人。宋神宗元丰（1078）初献《汴都赋》，受到皇帝赏识。后历任国子监主簿、校书郎等官。徽宗时提举大晟府（朝廷的音乐机构）。周邦彦"妙解音律"，擅自度曲，其词作法度、音律极为精严，注重章法结构，善于精雕细琢，语言典丽雅致，被誉为"词家正宗"、艺术技巧上的集大成者。他对南宋姜夔、张炎一派影响巨大。有《片玉集》。

兰陵王[①]·柳

【导读】

　　《兰陵王·柳》是周邦彦的代表作之一。清代周济在《宋四家词选》说这首词是"客中送客"，为作者送别友人时所作。但也有人认为，它是写作者自己离开京华时的心情。这两种说法皆可成立。姑且不论哪一种说法最贴切，就这首词的内容和意蕴而言，它是借咏柳来伤别，别情中又渗透着作者对身世飘零的疲倦与无奈。词的上片对隋堤垂柳进行了直接描写，古人有折柳送别的风俗，柳荫、柳丝、柳绵、柳条，无一不让人油然而生离情别绪。"直""弄""拂""飘"等字，既贴切地描摹出柳的姿态，又包含了无尽的情思，富有韵味。"应折柔条过千尺"，是慨叹人间离别的频繁。第二片写离别之际。作者回忆旧事，设想别后船将顺风而逝，顷刻间便在天涯，一个"愁"字，活画出离人的眷念不舍，有着无限的怅惘与凄婉。下片写船渐行渐远后的情景，渡头"岑寂"，斜阳冉冉，说不出的凄清、寂寥，回想如梦往事，让人更加伤怀。词作用字精工，词采和雅，情、景、事交错，今与昔不断转换，真是萦回曲折，俯仰生姿，备极吞吐之妙。

　　柳阴直，烟里丝丝弄碧。隋堤上[②]，曾见几番，拂水飘绵送行色③。登临望故国④。谁识。京华倦客⑤。长亭路，年去岁来，应折柔条过千尺。　闲寻旧踪迹。又酒趁哀弦⑥，灯照离席。梨花榆火催寒食⑦。愁一箭风快，半篙波暖，回头迢递便数驿，望人在天北。　凄恻，恨堆积。渐别浦萦回⑧，津堠岑寂。斜阳冉冉春无极。念月榭携手⑨，露桥闻笛。沉思前事，似梦里，泪暗滴。

注释：

①《兰陵王》：词调名。　②隋堤上：隋堤，汴河河堤有一段是隋朝时所修建，故称。　③飘绵：柳絮飘扬。行色：指行人出发时的情景。　④故国：故乡。　⑤京华倦客：一般认为是指作者自己，所以关于"倦"字，有的观点认为是指厌倦了京华的生活。但由于周邦彦一生多在地方任职，曾数别京华，所以有人认为是指厌倦了漂泊。　⑥哀弦：弦声轻悠哀怨。　⑦"榆火"句：古时以旧历清明前一日或二日为寒食节，有禁火的风俗，节里另取新火。唐宋时，朝廷于清明日取榆、柳之火以赐百官。　⑧别浦：行人离别的水岸。　⑨"念月榭"五句：回想我们曾在月光映照的水榭里畅游，在挂满露珠的桥上倾听笛声，追怀往事如在梦中，让人不由暗自落泪。

【延伸阅读】

集评

绍兴初，都下盛行周清真咏柳《兰陵王慢》，西楼南瓦皆歌之，谓之"渭城三叠"。以周词凡三换头，至末段声尤激越，惟教坊老笛师能倚之以节歌者。

——（宋）毛开《樵隐笔录》

美成词极其感慨，而无处不郁，令人不能遽窥其旨。《兰陵王·柳》

云："登临望故国，谁识。京华倦客"二语，是一篇之主。上有"隋堤上，曾见几番，拂水飘绵送行色"之句，暗伏倦客之根，是其法密处。故下文接云："长亭路，年去岁来，应折柔条过千尺。"久客淹留之感，和盘托出。他手至此，以下便直书愤懑矣，美成则不然。"闲寻旧踪迹"二叠，无一语不吞吐，只就眼前景物约略点缀，更不写淹留之故，却无处非淹留之苦；直至收笔云："沉思前事，似梦里，泪暗滴。"遥遥挽合，妙在才欲说破，便自咽住，其味正自无穷。

——（清）陈廷焯《白雨斋词话》

苏幕遮（燎沉香）

【导读】

这首词为思乡之作。词作上片，寥寥几语，看似是不经意地写人物的活动，仿佛信手拈来，却展现出了三个时间、空间都非常分明的场景，章法极为缜密；字里行间，淡淡地透露出词人的意绪无聊。清人周济评上阕云："若有意若无意，使人神眩。"（《宋四家词选目录序论·附录》）上片中对雨后初阳映照下风荷神态的摹写尤为精彩，王国维《人间词话》云："'叶上初阳干宿雨，水面清圆，一一风荷举'，此真能得荷之神理者。"

下片转入故乡之思。词人久居汴京，眼前之风荷更触动了其思乡之情。在梦中他仿佛回到了故乡，划着小舟，进入了荷花盛开的湖塘。一个"梦"字，写出了刻骨的思念，也使得现实之景与心中之景合而为一。

全词风格清新淡远，不事雕饰，而别具风韵。清代陈廷焯称此词"不必以词胜而词自胜。风致绝佳，亦见先生胸襟恬淡。"（《云韶集辑评》）确为卓见。

燎沉香①，消溽暑②。鸟雀呼晴③，侵晓窥檐语④。叶上初阳乾宿雨⑤，水面清圆，一一风荷举。　　故乡遥，何日去。家住吴门⑥，久作长安旅⑦。五月渔郎相忆否？小楫轻舟，梦入芙蓉浦⑧。

注释：

①燎沉香：烧香。沉香，一种名贵香料，一名"沉水"。　②溽（rù）暑：夏天闷热潮湿的暑气。　③呼晴：唤晴。旧有鸟鸣可占晴雨说。　④侵晓：天刚亮时。　⑤宿雨：隔夜的雨。　⑥吴门：苏州旧为吴郡治所，被称为"吴门"。而周邦彦为钱塘人，钱塘原属吴郡，或以此称吴门。　⑦长安：此处借指汴京。　⑧芙蓉浦：即荷花塘，此指西湖。浦，指池塘、江河等水面。

李清照

李清照（1084—约1155），号易安居士，济南章丘（今属山东济南）人。父亲李格非是当时著名学者，"以文章受知于苏轼"（《宋史·李格非传》）。李清照才思敏捷，博闻强记，兼之家学渊源，所以"自少年，便有诗名，才力华瞻，逼近前辈"（王灼《碧鸡漫志》卷二）。李清照诗、文均擅，而词的成就尤为突出。前期作品多写闺情别恨，南渡后，丈夫病逝，生活颠沛流离，词作多抒写故国之思与身世凄苦之感。有《漱玉词》。

声声慢①（寻寻觅觅）

【导读】

《声声慢》是李清照的名作之一，为女词人晚年所作。开篇十四个叠字，从动作、环境、心境等角度极力渲染内心悲苦的情绪，表现出词人形单影只、四顾茫然的孤独与凄凉；而接下来，时节、天气、触目所及的一切，都让词人愁闷不已：昔日鸿雁带来的是"锦书"，里面寄托着温情和希望，现在看见它们，却只能徒增感伤；满地零落残败的菊花，失去了它的孤傲与高洁，留下的是生命将逝的悲哀；而梧桐细雨那断断续续、不绝如缕的哀响，让凄苦的心灵更加抑郁。

全词围绕一个"愁"字，展开层层铺叙。结合词人的身世，这首词倾诉了夫亡家破、饱经乱离的哀愁，表现出词人复杂的人生体验。词中皆用平常之字，却能创意出奇，叠字的大量运用，不仅使音调谐美，而且毫无雕琢之痕。这首词受到了历代词论家的高度评价，明代杨慎的《词品》认为它是《漱玉词》中"最为婉妙"之作。

寻寻觅觅②，冷冷清清，凄凄惨惨戚戚③。乍暖还寒④时候，最难将息⑤。三杯两盏淡酒，怎敌他、晚来风急。雁过也，正伤心，却是旧时相识。　满地黄花堆积⑥，憔悴损⑦，如今有谁堪摘⑧。守着窗儿，独自怎生得黑？梧桐更兼细雨，到黄昏、点点滴滴。这次第⑨，怎一个愁字了得⑩。

注释：

①《声声慢》：词调名。　②寻寻觅觅：追寻求索若有所失的样子。　③凄凄惨惨戚戚：忧愁孤独交织在心头。　④乍暖还寒：深秋天气反复无常。　⑤将息：调养，休息。　⑥黄花：菊花。　⑦憔悴损：花朵凋残，容颜憔悴。　⑧如今有谁堪摘：暗指丈夫逝去，无人相伴赏玩菊花。　⑨这次第：宋人口语，即这情形，这光景。　⑩了得：包含得了，概括得了。

渔家傲（天接云涛连晓雾）

【导读】

一般认为这首《渔家傲》为李清照南渡后之作。词作具有强烈的浪漫主义色彩，气势磅礴、豪迈，在《漱玉词》中别具一格。词的上片，作者仿佛来到了天宫，并听到天帝在问自己究竟该何去何从；下片作者作了回答，先是说明了自己的困境，接着希望自己能够像庄子《逍遥游》中的大鹏鸟一样，借风力振翅高飞，去往仙乡。可以看出，作者处在前途渺渺的环境里，希望自己在精神上能够找到一条超越的道路，以摆脱困境。

　　天接云涛连晓雾，星河欲转千帆舞①。仿佛梦魂归帝所②。闻天语③，殷勤问我归何处？　　我报路长嗟日暮，学诗谩有惊人句④。九万里风鹏正举。风休住，蓬舟吹取三山去⑤。

注释：

①"星河"句：天上的星河旋转，星星闪烁，好像千帆竞舞。　②帝所：天帝所居之地。　③闻天语：听见天帝说话。　④谩：空有，徒有。　⑤蓬舟吹取三山去：蓬舟，形容小舟轻如蓬草。三山，指传说中的蓬莱、方丈、瀛洲，代指仙境。

辛弃疾

　　辛弃疾（1140—1207），字幼安，号稼轩，历城（今山东济南）人。他生长于金人占领区，从小立志为赵宋收复失地。后南归，历任提点江西刑狱、湖北转运使、知隆兴府（今江西南昌）兼江西安抚使等职，但由于"归正人"（南宋时对从金国回归宋廷的士民的称呼，也叫"归朝人"）的身份等原因，他未获宋廷信用，壮志未酬，最终抑郁而逝。辛弃疾是宋词豪放派代表作家，词风雄深雅健、悲壮沉郁，"慷慨纵横，有不可一世之概"（《四库全书总目提要》），但亦不拘于一格，清新、明快、哀婉、闲适等兼而有之。有《稼轩长短句》。

摸鱼儿①（更能消、几番风雨）

【导读】

《摸鱼儿》这首词作于宋孝宗淳熙六年（1179），是作者奉命由湖北转运副使调任湖南时的赋别之作。词作含有多重的象征意蕴，全篇采用比兴手法，将激越不平之气托之以哀婉凄怨之词，摧刚为柔。上片写惜春、留春、怨春，既是感叹美好时光徒然流逝、无法挽留，又寄寓着自己政治上的不得志。一说也隐喻着时局的日益衰败。下片以失宠的陈皇后自喻，结合作者的身世和政治命运，"蛾眉曾有人妒"一语蕴含着对自己遭受排挤、怀才不遇的愤懑。宋代罗大经《鹤林玉露》说这首词"词意殊怨"，孝宗"见此词颇不悦"。可见词中所流露出的深切哀怨，影射着对宋廷的不满。

淳熙己亥②，自湖北漕移湖南③，同官王正之置酒小山亭④，为赋。

更能消、几番风雨⑤，匆匆春又归去。惜春长怕花开早，何况落红无数。春且住⑥，见说道，天涯芳草无归路⑦。怨春不语。算只有殷勤、画檐蛛网，尽日惹飞絮⑧。　　长门事⑨，准拟佳期又误，蛾眉曾有人妒。千金纵买相如赋⑩，脉脉此情谁诉？君莫舞，君不见、玉环飞燕皆尘土⑪。闲愁最苦。休去倚危栏，斜阳正在，烟柳断肠处⑫。

注释：

①《摸鱼儿》：词调名。②淳熙己亥：宋孝宗淳熙六年（1179）。③漕：漕司。宋代漕司长官转运使掌握一路或数路军需粮饷，故称"漕"。是年三月，作者由湖北转运副使改调湖南转运副使。④王正之：名正己。作者移官湖南后，王接替他的职务，故称"同官"。⑤消：经受得起。⑥且住：暂且留下。⑦"见说道"句：听说芳草已经长遍天边，

春天已无归去之路。此留春之语。 ⑧"算只有"句：看起来只有屋檐下的蜘蛛网还在整天殷勤地沾惹飞扬的柳絮，想把春天留住似的。 ⑨"长门事"句：汉武帝的陈皇后失宠后被贬居长门宫。意思是说，宫中有人嫉妒陈皇后的美貌，进谗言，使得汉武帝与陈皇后约定相会的日子被耽误了。 ⑩千金纵买相如赋：司马相如在《长门赋·序》中说，陈皇后失宠后，听说司马相如善为文，就赠给他百斤黄金，司马相如撰《长门赋》备述陈皇后愁苦之情，终于使汉武帝重新宠幸陈皇后。这里是反其意而用之，意思是说，即便陈皇后用千金买了司马相如的《长门赋》，可她满腹的愁苦又能向谁诉说呢？ ⑪玉环飞燕皆尘土：唐玄宗的宠妃杨玉环在安史之乱中被赐死，汉成帝的宠妃赵飞燕被废后自杀。意思是说小人都没有好下场。 ⑫斜阳正在，烟柳断肠处：夕阳正映射在烟霭笼罩、令人伤感的杨柳枝上。

贺新郎①（绿树听鹈鴂）

【导读】

　　这是一首送别词。茂嘉是辛弃疾族弟，时因故贬官桂林，作者写词赠别。这首词写了许多与"别"有关的典故：昭君出塞和亲，陈皇后被贬长门、辞别帝宫、卫庄姜送归妾，李陵与苏武诀别，荆轲与燕国君臣于易水分别。这些离别所代表的皆是千古恨事，作者借此以抒发自己的悲慨与失意。全词一气贯注，上下片浑成一体，鹈鴂、杜鹃的哀鸣贯穿首尾，更加烘托出苦闷、惆怅之情，风格极为沉郁、悲凉。王国维《人间词话》对这首词评价道："章法绝妙，且语语有境界。此能品而几于神者。然非有意为之，故后人不能学也。"

　　别茂嘉十二弟②。鹈鴂、杜鹃实两种，见《离骚补注》③。
　　绿树听鹈鴂。更那堪，鹧鸪声住，杜鹃声切④。啼到春归无寻处，苦恨芳菲都歇⑤。算未抵、人间离别。马上琵琶关塞黑，更长门、翠辇辞金阙⑥。看燕燕，送归妾⑦。　　将军百战身名裂。向河梁，回头万里，故人长绝⑧。易水萧萧西风冷，满座衣冠似雪。正壮士、悲歌未彻⑨。啼鸟还知如许恨⑩，料不啼清泪长啼血⑪、谁共我，醉明月？

注释：

①《贺新郎》：词牌名，始见于苏轼词，原名《贺新凉》，后将"凉"字误作"郎"。后人又改名"金缕衣""金缕词""金缕歌""风敲竹""雪月江山夜"等。　②茂嘉十二弟：指作者的族弟辛茂嘉。这时茂嘉因事被贬官桂林。　③《离骚补注》：书名，宋人洪兴祖所著。　④鹈鴂、杜鹃、鹧鸪：三种鸟，啼声皆悲，故言"更那堪"，即不忍闻其悲声。　⑤"啼到"两句：鸟啼悲切，恨花尽春去。　⑥"马上"两句：此人间离别第一事，言昭君出塞，别离汉家宫阙。马上琵琶，谓在琵琶声中远离故国。关塞黑，边关要塞一片昏暗。长门，汉武帝曾废陈皇后于长门宫，后以长门泛指失意后妃所居之地。这里借言昭君辞汉。翠辇，用翠羽装饰的官车。金阙，宫殿。　⑦"看燕燕"两句：此人间离别第二事，言庄姜送归妾。　⑧"将军"三句：此人间离别第三事，言李陵别苏武。河梁，桥。故人，指苏武。长绝，永别。　⑨"易水"三句：此人间离别第四事，言荆轲离燕赴秦。易水，在今河北易县。衣冠似雪，指送行者皆白衣素服。壮士，指荆轲。悲歌，指《易水歌》。未彻，尚未唱完，意谓声犹在耳。　⑩还知：倘若知道。　⑪"啼鸟"两句：谓啼鸟如知人间别离之恨，当由啼泪进而啼血，益发悲哀。如许恨，即指上述种种人间别恨。

清平乐（茅檐低小）

【导读】

　　这首词是辛弃疾闲居江西信州时所作。词作纯用白描的手法，勾勒出了一幅祥和、安宁的村居生活图。"醉里"二句采用倒装句式，突出了"吴音相媚好"带给人的新奇感受；下片中的"溪头卧剥莲蓬"一句尤为传神，将小孩子天真、活泼、顽皮的样子刻画得栩栩如生。整首词富有浓厚的生活气息，通俗平易的语言与清新自然的乡村图景浑然一体，其中也蕴含着作者对生活的感受与体悟。由这首词，我们可以看出作者有着多元的艺术视野。

　　茅檐低小，溪上青青草。醉里吴音相媚好[①]，白发谁家翁媪[②]。　　大儿锄豆溪东，中儿正织鸡笼。最喜小儿亡赖[③]，溪头卧剥莲蓬。

注释：

　　①吴音：这里指作者当时居住的江西上饶一带的口音，因春秋时地属吴国，故称。相媚好：指相互亲切地交谈。 ②翁媪（ǎo）：年老的男子和妇女。媪，古时对年老妇女的尊称。 ③亡赖：这里指顽皮，也有爱称的意味。

姜夔

　　姜夔（约1155—约1221），字尧章，号白石道人，鄱阳（今江西鄱阳）人。曾试进士，不第，一生未入仕。姜夔诗、词、文、书法皆精善，尤以词著称。他精通音律，善于自度曲，其词格律谨严，词风清空峭拔，被奉为"雅词"的典范，清人刘熙载曾用"幽韵冷香"概括其词境。有《白石道人歌曲》等。

暗香^①

【导读】

宋光宗绍熙二年（1191）冬，姜夔冒雪拜访范成大，在范成大石湖别墅作《暗香》《疏影》两首咏梅词，得到了范成大的激赏。《暗香》这首词中"梅"字虽只出现一次，但通篇皆是写梅。词作没有对梅的姿态、形貌等进行直接描写，而是通过许多与之相关的典故来加以勾染、衬托。这样，梅就不仅仅只是现实中的一种花卉，而被寄寓了丰富的意蕴和情思。写梅的过程中，又写到了人，写到了江国，纷繁的意象、古今时空的变换，让这首词具有了俯仰生姿的意趣。但关于它的寓意，历来解说纷纭。是借物以怀人？是寄托家国之思？是传达身世飘零之感？若要强行追寻它的言外之意，似乎没有一种说法可以在词中句句坐实。而这正是这首词的魅力所在。其寄托在若有若无、若即若离之间，空灵蕴藉，给读者留下了极大的想象空间。宋代的张炎说："姜白石词如野云孤飞，去留无迹。"（《词源》卷下）这首《暗香》即是这句话很好的注脚。

辛亥之冬，予载雪诣石湖。止既月，授简索句，且征新声，作此两曲。石湖把玩不已，使工妓隶习之，音节谐婉，乃名之曰《暗香》《疏影》。

旧时月色^②。算几番照我，梅边吹笛^③。唤起玉人，不管清寒与攀摘^④。何逊而今渐老，都忘却、春风词笔^⑤。但怪得、竹外疏花^⑥，香冷入瑶席^⑦。　　江国^⑧，正寂寂。叹寄与路遥^⑨，夜雪初积。翠尊易泣^⑩，红萼无言耿相忆^⑪。长记曾携手处，千树压、西湖寒碧。又片片、吹尽也，几时见得？

注释：

①《暗香》：词调名，又名《红香》《红情》《晚香》等，宋姜夔自度曲，见《白石道人歌曲》。词咏梅花，因林逋《山园小梅》诗"暗香

浮动月黄昏"句，取为调名。　②旧时月色：温庭筠诗"唯向旧山留月色"。周紫芝诗"月到旧时明处，共谁同倚阑干"。　③吹笛：可作制奏词曲解。　④"唤起"两句：贺铸词："玉人和月摘梅花。"玉人，美人。　⑤"何逊"两句：何逊，南朝梁诗人，在扬州有《咏早梅》。杜甫诗"东阁官梅动诗兴，还如何逊在扬州"。此二句以何逊自比，谓年已渐老，虽爱梅，却已无当年的才情了。　⑥疏花：指疏落的梅花。　⑦瑶席：坐席的美称。此指范成大席上赏梅事。　⑧江国：江乡。　⑨寄与路遥：寄给远方的朋友。三国吴陆凯寄范晔诗"折梅逢驿使，寄与陇头人。江南无所有，聊赠一枝春"。　⑩翠尊：绿色酒杯，实指绿酒。　⑪红萼：红梅。耿：形容心情难以平复。

疏影

【导读】

　　《疏影》与《暗香》同为姜夔咏梅的名作。关于《疏影》的题旨，也是众说纷纭，莫衷一是。一说感徽、钦二帝被虏，寄慨偏安；一说是作者怀念合肥的恋人等等。与《暗香》有异曲同工之妙，作者在这首词中完全打破了单线、平面的写法，而是摄取梅的神理、韵味，创造出了多层次、富有立体感、内蕴丰富的艺术境界和性灵化、人格化的艺术形象。词作中似也寄寓着对身世飘零与今昔盛衰的怅惘与感慨。张炎在《词源》中评价说："诗之赋梅，唯和靖（林逋）一联（指"疏影横斜水清浅，暗香浮动月黄昏"）而已，世非无诗，无能与之齐驱耳。词之赋梅，唯姜白石《暗香》《疏影》二曲，前无古人，后无来者，自立新意，真为绝唱。"

　　苔枝缀玉，有翠禽小小，枝上同宿①。客里相逢，篱角黄昏，无言自倚修竹②。昭君不惯胡沙远，但暗忆、江南江北。想佩环、月夜归来③，化作此花幽独。　　犹记深宫旧事，那人正睡里，飞近蛾绿④。莫似春风，不管盈盈，早与安排金屋⑤。还教一片随波去，又却怨、玉龙哀曲⑥。等恁时、重觅幽香，已入小窗横幅。

注释：

①"苔枝"三句：曾慥《类说》引《异人录》载，隋开皇年间，赵师雄行经罗浮山，日暮时分，在梅林中遇一美人，与之对酌，又有一绿衣童子歌舞助兴，"师雄醉寐，但觉风寒相袭，久之，东方已白，起视大梅花树上有翠羽啾嘈相顾，月落参横，但惆怅而已"。赵师雄所遇美人为梅花神，其侍童即为梅树枝头的"翠禽"。 ②"无言"句：化用杜甫《佳人》诗："天寒翠袖薄，日暮倚修竹。" ③"想佩环"句：化用杜甫《咏怀古迹》（咏昭君）"环佩空归月夜魂"句。 ④"犹记"三句：用寿阳公主事。《太平御览》引《杂五行书》云："宋武帝女寿阳公主，人日卧于含章殿檐下，梅花落公主额上，成五出花，拂之不去。皇后留之，看得几时，经三日，洗之乃落。宫女奇其异，竞效之，今'梅花妆'是也。"蛾绿，古代妇女画眉用的青黑色颜料，借指女子的眉毛。 ⑤"早与"句：用汉武帝"金屋藏娇"事。《汉武故事》载，汉武帝刘彻幼时曾对姑母说："若得阿娇作妇，当作金屋贮之也。" ⑥玉龙哀曲：当指古笛曲《梅花落》。玉龙，玉笛。马融《长笛赋》："龙鸣水中不见己，截竹吹之声相似。"

吴文英

　　吴文英（约1207—约1269），字君特，号梦窗，晚号觉翁。以清客身份游于权贵之门。其词远承温庭筠，近师周邦彦，音律协美，字雕句琢，喜用典故，时有堆砌过甚、辞旨晦涩之病。吴文英词善于通过艺术想象打破常规思维，将常人眼中的实景化为虚幻，而将常人心中的虚幻转为实景，时空的转换具有很强的跳跃性，词境往往如梦如幻，隐约迷离。这是其创新之处。有《梦窗词》。

风入松（听风听雨过清明）

【导读】

这首《风入松》是其名作，陈洵《海绡说词》说词旨为"思去妾也"。从词作内容看，是写伤春怀人。上片将晚春之景与自己的相思之情交织在一起，"一丝柳，一寸柔情"，极言自己的情思之长。"料峭"二字叠韵，"交加"二字双声，读来音韵和畅，于细微处见出作者的运字功夫。下片写作者游赏西园，往日自己曾与伊人在此相会，而现在伊人已不知何往。见到黄蜂扑秋千，仿佛觉得秋千上还残留着她纤纤玉手上的香泽，亦真亦幻，却具有极强的画面感。结语两句余音袅袅，含蓄不尽。词作情致深婉、绵邈。陈廷焯《白雨斋词话》评价道："情深而语极纯雅，词中高境也。"

听风听雨过清明，愁草《瘗花铭》①。楼前绿暗分携路②，一丝柳、一寸柔情。料峭春寒中酒③，交加晓梦啼莺④。　西园日日扫林亭，依旧赏新晴。黄蜂频扑秋千索，有当时、纤手香凝。惆怅双鸳不到⑤，幽阶一夜苔生。

注释：

①《瘗（yì）花铭》：葬花辞。庾信曾撰《瘗花铭》。瘗，埋葬。 ②绿暗：指树荫浓密。分携路：分手的地方。 ③中酒：醉酒。 ④交加：错杂，重叠。 ⑤双鸳：绣着鸳鸯的女鞋。此处代指女子的足迹。

【延伸阅读】

集评

吴梦窗词，如七宝楼台，眩人眼目，碎拆下来，不成片段。

——（宋）张炎《词源》

梦窗深得清真之妙，其失在用事下语太晦处，人不可晓。

——（宋）沈义父《乐府指迷》

"愁草《瘗花铭》"琢句险丽；"惆怅双鸳不到，幽阶一夜苔生"，此则渐近自然矣。

——（清）许昂霄《词综偶评》）

此是梦窗极经意词，有五季遗响。"黄蜂"二句，是痴语，是深语。结处见温厚。

——（清）谭献《谭评词辨》

见秋千而思纤手，因蜂扑而念香凝，纯是痴望神理；"双鸳不到"，犹望其到；"一夜苔生"，踪迹全无，则惟日日惆怅而已。

——（清）陈洵《海绡说词》

梦窗奇思壮采，腾天潜渊，返南宋之清泚，为北宋之秾挚。

——（清）周济《宋四家词选·目录序论》

近人学梦窗，辄从密处入手，梦窗密处，能令无数丽字——生动飞舞，如万花为春，非若雕璚蹙绣，毫无生气也。如何能运动无数丽字？恃聪明，尤恃魄力。如何能有魄力？唯厚乃有魄力。梦窗密处易学，厚处难学。

——（清）况周颐《蕙风词话》

元好问

作者介绍见谢灵运诗"延伸阅读"部分。

摸鱼儿·雁丘辞

【导读】

元好问是金代最杰出的词人，现存词三百余首，风格雄浑疏宕而又不失含蓄蕴藉，融豪放与婉约于一炉。

这首《摸鱼儿》是元好问的名作，初稿写于金章宗泰和五年（1205）。词作热情歌颂了一对大雁生死与共的坚贞情操。开篇一个"问"字破空而来，与其说是在发问，毋宁说是对大雁的生死相许发出的感叹与赞美。作者想象出双雁往日双栖双飞的情景，又设想殉情大雁的心理世界。下片借用典故，衬托雁丘环境的凄凉，抒发作者的哀悼之情；最后说这对大雁将会千古留名，引得骚人前来凭吊，这是作者进一步的礼赞。词作笔法细密，情致深婉，于缠绵悱恻中透出豪宕之气。宋末张炎曾称赞这首词"妙在模写情态，立意高远"，"深于用事，精于炼句，有风流蕴藉处，不减周（邦彦）、秦（观）"（《词源》卷下）。

乙丑岁赴试并州①，道逢捕雁者云："今日获一雁，杀之矣。其脱网者悲鸣不能去，竟自投于地而死。"予因买得之，葬之汾水之上②，累石为识③，号曰雁丘④。时同行者多为赋诗，予亦有《雁丘辞》。旧所作无宫商⑤，今改定之。

问世间、情是何物，直教生死相许。天南地北双飞客⑥，老翅几回寒暑⑦。欢乐趣，离别苦。是中更有痴儿女⑧，君应有语，渺万里层云，千山暮景，只影为谁去？　　横汾路，寂寞当年箫鼓⑨。荒烟依旧平楚⑩，《招魂》楚些何嗟及，《山鬼》自啼风雨⑪。天也妒，未信与、莺儿燕子俱黄土。千秋万古。为留待骚人，狂歌痛饮，来访雁丘处。

注释：

①乙丑岁：金章宗太和五年（1205），是年作者十六岁。 ②汾水：黄河支流，位于今山西境内。 ③识：标志。 ④雁丘：原址在阳曲汾水边。 ⑤宫商：五音中的二音，此指填词所遵循的音律。 ⑥双飞客：即序中所说的两只大雁。 ⑦寒暑：冬与夏，即一年。 ⑧是中：这里。痴儿女：痴情者。 ⑨"横汾"二句：以汉武帝当年游幸此地的盛况来反衬今日的冷落。汉武帝《秋风辞》曰："泛楼船兮济汾河，横中流兮扬素波，箫鼓鸣兮发棹歌。" ⑩平楚：平林，远处的树木。楚，丛木。 ⑪"招魂"二句：借用楚辞之语写环境的凄凉。《招魂》《山鬼》，均为《楚辞》中篇名。楚些，《招魂》中多以"些"字收尾，故也用"楚些"代指楚辞。

陈维崧

陈维崧（1625—1682），字其年，号迦陵，宜兴（江苏宜兴）人。出身于仕宦世家，少有才名，补诸生；入清后流寓四方。康熙十八年（1679），召试鸿词科，授翰林院检讨，与修《明史》。陈维崧擅诗、文，尤工词，为"阳羡派"词宗，也是清初词的代表作家。他学识渊博，才情出众，作词学习苏、辛，风格以豪放、沉郁为主。有《湖海楼诗集》《迦陵词》等。《迦陵词》中辑词一千六百余首，篇什之富居古今词人之冠。

点绛唇·夜宿临洺驿①

【导读】

《点绛唇·夜宿临洺驿》是一首记游词。上片皆是写景，用两个比喻，勾勒出了一幅寥廓而带有清冷意绪的景象。下片述行程，"赵魏燕韩"是战国时期的中原四国，这里既是写自己游踪所经，抒发羁旅行役的凄苦，也寄寓着怀古之幽情；"黄叶中原走"一句，用落叶的随风翻飞、不知所往，隐喻自己的漂泊不定，语意尤为悲怆。全词寥寥数语，但尺幅千里，气象不凡，雄阔苍凉的意境与深切的身世悲慨融为一体，具有很强的感染力，也体现出陈词善以豪语写悲意的风格特征。

晴髻离离②，太行山势如蜾蚪。稗花盈亩③，一寸霜皮厚。　赵魏燕韩④，历历堪回首。悲风吼，临洺驿口，黄叶中原走⑤。

注释：

①临洺驿：在临洺关设的驿站。临洺关，在今河北邯郸北。　②晴髻：谓晴日下的山峰盘旋高耸如发髻。离离：分明可数的样子。　③稗（bài）花：禾本科植物，是田间的主要杂草。　④赵魏燕韩：战国时期的中原四国，这里指自己的游踪所经。　⑤"黄叶"句：以黄叶的随风飞走喻自己的羁旅漂泊。

朱彝尊

朱彝尊（1629—1709）字锡鬯，号竹垞，又号金风亭长等，秀水（今浙江嘉兴）人。康熙十八年（1679），举博学鸿词，出仕清廷。后罢归，专事著述。他是"浙西词派"的开创者，与陈维崧并称"朱陈"。词宗姜夔、张炎，风格清丽，注重格律、技巧。有《曝书亭集》。

桂殿秋①·思往事

【导读】

《桂殿秋·思往事》是朱彝尊的名作，一般认为它是作者追忆与所恋女子乘船渡江时的情景。词作对氛围的渲染和主人公心理、情绪的烘托十分成功，"共"和"各"的对照，写出了那种疏离与相思交织在一起的微妙感觉，情致深婉，含而不露，让人回味不尽。况周颐《蕙风词话》云："或问国初词人，当以谁氏为冠。再三审度，举金风亭长（朱彝尊号）对。问佳构奚若。举《捣练子》云……"可见前人对它的推崇。

思往事，渡江干②。青蛾低映越山看③。共眠一舸听秋雨④，小簟轻衾各自寒⑤。

注释：

①《桂殿秋》：词牌名，又称《捣练子》《深院月》等。 ②江干：江边。 ③青蛾：古代女子用青黛画的眉。越山：春秋时属于越国一带的山。 ④舸：船。 ⑤簟（diàn）：席。衾：棉被。

纳兰性德

纳兰性德（1655—1685），原名成德，字容若，号楞伽山人。满洲正黄旗人，大学士明珠长子。康熙十五年（1676）进士，官至一等侍卫。他工于诗、词，论诗主才学，论词主情致。其词长于小令，风格清新婉丽，不事雕琢。王国维《人间词话》云："纳兰容若以自然之眼观物，以自然之舌言情。此由初入中原，未染汉人风气，故能真切如此。北宋以来，一人而已。"有《纳兰词》《通志堂集》等。

蝶恋花（辛苦最怜天上月）

【导读】

《蝶恋花》是纳兰性德为悼念亡妻而作。词人与前妻卢氏感情深笃，但婚后仅三年，卢氏即因故去世。这在词人心中留下了难以抚平的创伤，他写了许多词哀悼爱妻的早逝。在这一首中，词人主要通过自然物象来寄托自己的哀思。所谓"以我观物，故物皆著我之色彩"（王国维《人间词话》），月、燕子、蝴蝶，这些物象的象征意义及其在词人心中产生的情绪是各不相同的，但它们烘托的主题只有一个，那就是悲叹美好爱情生活的短暂易逝，表达词人对亡妻至死不渝的深情。此词一字一咽，情调哀怨、凄婉之致，但其中又灌注着词人对于"情"的执着追求，这种执着表现出一种令人动容的精神力量，与词人浓得化不开的凄苦、伤痛紧紧交织在一起，感人至深。

　　辛苦最怜天上月。一昔如环①，昔昔都成玦②。若似月轮终皎洁，不辞冰雪为卿热③。　　无那尘缘容易绝④。燕子依然，软踏帘钩说⑤。唱罢秋坟愁未歇⑥，春丛认取双栖蝶⑦。

注释：

　　①一昔：一夜。环：圆形玉璧。　②玦：半圆形的玉。　③"若似"二句：谓如果爱情能像皎洁的明月一样长在、长圆，为此，词人愿意付出任何代价。"不辞冰雪为卿热"，典出刘义庆《世说新语·惑溺》："荀奉倩与妇至笃，冬月妇病热，乃出中庭自取冷还，以身熨之。妇亡，奉倩后少时亦卒。以是获讥于世。"　④无那：无奈，奈何。　⑤说：此指燕语呢喃。　⑥"唱罢"句：谓自己的幽恨至死难消。语出李贺诗《秋来》"秋坟鬼唱鲍家诗"句。　⑦"春丛"句：用梁山伯与祝英台死后化蝶的传说故事。春丛，即花丛。

如梦令（万帐穹庐人醉）

【导读】

　　这首词写远行塞外时的孤寂和浓厚的思乡之情。"万帐穹庐人醉"二句描写塞外旷野夜景，境界阔大，感受真切。在这种天地寥廓的境象中，人更易产生一种孤独感和渺小感，并油然而生故园之思，所以就有了接来下的"归梦"和"还睡"不愿醒。全词意境浑成，对心理、情绪的表现含蓄、入微，于尺幅之中殊有曲折之致。王国维说："'明月照积雪'，'大江流日夜'，'中天悬明月'，'黄河落日圆'，此种境界，可谓千古壮观。求之于词，唯纳兰容若塞上之作，如《长相思》之'夜深千帐灯'、《如梦令》之'万帐穹庐人醉，星影摇摇欲坠'，差近之。"（《人间词话》）

万帐穹庐人醉①，星影摇摇欲坠。归梦隔狼河②，又被河声搅碎。还睡，还睡，解道醒来无味③。

注释：

①穹庐：圆形的毡帐。 ②狼河：白狼河，即大凌河，发源于辽宁努鲁儿虎山，东流入辽东湾。 ③解道：知道。

后记

何为诗词经典？就是历朝历代公认的最美的经典诗词。这本小书名曰《诗词经典》，其实难以囊括所有的最美经典，只是表达一种心向往之的心情，从先秦至明清的诗词中选取了一些代表作与读者朋友们分享。

为便于理解，除了对诗词做必要的注释，还在作品前设置"导读"，力图从一个独特视角，品鉴诗词的内在美感。一些"延伸阅读"的作品还附有"背景提示"，以此加深对诗词的认知。选取作品并不刻意求全，除了那些脍炙人口、最具时代特色的名篇，也有意识加入一些曝光度不高的名家名作，以便让更多"最美经典"走进我们的视野，丰富我们的生活。

感谢中华书局徐俊、顾青两位掌门人，以及申作宏、陈虎、傅可、孙永娟等诸位先生、女士，他们为这本小书付出很多心血！感谢我的学生周云磊、向飞、王聪，她们帮我核校书稿，润色插画，处理冗务，付出很多劳动！感谢家人的支持！感谢儿子题写书名！感谢读者朋友多年的关心支持！

谨将这本小书献给最亲爱的爸爸妈妈，祝您们健康长寿！

康震

2017 年 10 月 4 日中秋节